# LA MOZA DE PIP

# BALTASAR PÉREZ GIMENO

Título:

La moza de Pip

Vinaròs, abril de 2016

Corrección:

davidjimenezmarchena@hotmail.com

Ilustración de la portada:

Francisco López «Chile»

© La moza de Pip

Baltasar Pérez Gimeno, 2016

baltasarpg@gmail.com

@baltasar76 en Instagram

ISBN: 9798436543826

Sello: Independently published

Primera edición: abril 2016

Un cuerpo pequeño en medio de la arena
pierde la vista en el horizonte,
el futuro le abre las puertas
la muerte las cierra de golpe
para que le perdone la guerra
que le ensangrienta y le desgarra…
él ya atravesó la raya
y no quiere besar la tierra que le maltrata.

Encontré la vida en las playas de Argelers.
Elna, francesa y suiza,
la otra cara del infierno.
Nunca más, nunca más, nunca más, nunca más.

Un cuerpo pequeño en medio de la arena…


**Joan Josep Bosch i Rescalvo (Figueres, 1976)
Cantautor**

*A todos vosotros, lectores, que habéis confiado en mí*

# Prólogo

Conocí a Baltasar en el año 1998, cuando ambos vivíamos en Sant Carles de la Ràpita. Nos unía la pasión a la música y a la literatura. No me dejó indiferente: un ser de libre espíritu, audaz y risueño, a la vez que comprometido con la causa ajena. Por aquel entonces me dejó leer su original de *Hija de la guerra* —que hoy conocemos por la edición de 2014—. Su amistad, la de su familia y amigos me ha acompañado a lo largo de estos casi veinte años, entre confidencias y buenos ratos de ocio.

*La moza de Pip,* obra derivada de *Hija de la guerra,* supone una creación literaria que parte de un personaje real, Priscilla Scott-Ellis, *Pip,* quien «en el estallido de la Guerra Civil Española, apoyando al ejército nacionalista, lucha contra el Frente Popular del Gobierno. Ella ofreció voluntariamente sus servicios a los fascistas en España, pero lo hizo para poder seguir a su amor, Ataúlfo»[1].

Con *La moza de Pip,* Baltasar nos revela la personalidad y las hazañas de su protagonista, fiel a la realidad y al carisma de una mujer aristócrata que realizará tareas de enfermería en plena Guerra Civil. Conoceremos el contexto bélico en que se mueve y sus secretos mejor guardados, enigmas que desvelarán el interior de su persona. Asimismo, el autor nos abre una visión aguda y profunda de los hechos históricos, paralela e inteligentemente entrelazada a modo de ficción con los personajes y el argumento de *Hija de la guerra.* Cabe destacar en Baltasar su rico lenguaje e impecable redacción, un entramado de acciones y sucesos, que teje a través de los capítulos mediante la técnica del analepsis.

---

[1] PÉREZ GIMENO, Baltasar: *Hija de la guerra,* Printcolor, 2014, p. 329.

Citando al genio José Saramago: «Leer e imaginar son dos de las tres puertas principales —la curiosidad es la tercera— por donde se accede al conocimiento de las cosas. Sin antes haber abierto de par en par las puertas de la imaginación, de la curiosidad y de la lectura —no olvidemos que quien dice lectura, dice estudio—, no se va muy lejos en la comprensión de uno mismo y del mundo»[2].

Así pues, bienvenidos lectores, en vuestras habilidades y sentidos están las herramientas para que, página a página —o puerta tras puerta—, entréis en este significativo libro y veáis su luz a partir de sus sombras.

Agradezco enormemente a Baltasar el darme el privilegio de componer este prólogo y de corregir sus tres novelas hasta hoy publicadas. Así como lo blanco y lo negro van unidos para crear nuevas verdades, la amistad y la guerra también; por eso escribir en términos de la Guerra Civil —y de cualquier otra guerra…— supone palpar trazos de nuestra historia, de nosotros mismos. Desde lo popular a lo histórico, desde el ayer al hoy, a todos nos envuelve el hecho de ser «hijos de la guerra».

David Jiménez Marchena
Filólogo y corrector
Marzo de 2016

---

[2] *La Prensa Gráfica,* San Salvador, 1 de junio de 2005.

# Capítulo 1

**El orfanato
10 de agosto de 1908**

Clara de los Hares Espínola, una mujer andaluza, era una de las muchas sirvientas que trabajaban en el palacio de los Montpensier, de estilo historicista y ecléctico, propio del s. XIX. En su fachada se usaba el estilo neo mudéjar y el clasicismo italianizante, propios de una población española de Sanlúcar de Barrameda, provincia de Cádiz. De pelo liso, largo y castaño, lo más llamativo en ella eran sus ojos de color miel, los cuales no hacían sino resaltar su ya de por sí natural belleza. La mayoría de hombres intentaba pretenderla, pero tan solo uno, Ramiro Cortázar Ibáñez, lo consiguió. Sus intenciones no eran las que Clara, al igual que toda jovencita española, esperaba de un buen mozo trabajador, pues fue abandonada en el instante en que ella misma le contó que estaba embarazada, sin despedirse siquiera ni dejarle mensaje alguno. Ramiro cogió su pequeña maleta y se marchó a Cuba, desapareció de la vida de Clara mientras ella lloró su ausencia los ocho meses que duró su embarazo. Todo Sanlúcar de Barrameda rumoreaba de la desdicha de la joven que trabajaba como sirvienta en el palacio, circunstancia muy mal vista por ser soltera. Estando de contracciones en uno de los establos de palacio, su mejor amiga Pepita, y también sirvienta, se fue a visitar a las monjas dominicas en el convento Madre de Dios, con el objetivo de que auxiliaran a Clara.

—Empuja, niña, hazlo fuerte y no grites tanto, vas a morir desangrada junto a tu bebé si no te das prisa.

La hermana Lourdes sudaba a mares, la ayudaba cogiéndole las manos y le hablaba para que no desfalleciera, mientras los fuertes gritos se escuchaban en los mismísimos pasillos de palacio.

El parto estaba resultando difícil, Clara empezaba a sangrar mucho.

—No sé por qué no habéis confiado en los señores, seguro que ellos te hubieran ayudado y en lugar de estar pariendo aquí, entre paja y caballos, estarías en un hospital con todas las necesidades.

—Se lo decía constantemente a Clara, pero ella temía ser despedida.

—¡Tonterías!

Clara seguía gritando, el dolor era insoportable. Estaba haciendo todo lo posible para mantener la calma tal y como se lo decía la hermana Lourdes pero le era imposible.

—Un último esfuerzo, niña, ya le veo la cabecita.

Por fin, aunque extenuada, Clara con su último esfuerzo notaba como su bebé había nacido.

—¡Aquí está!, qué niña más bonita.

—Es preciosa —sonreía Pepa mirando a su amiga.

—Quiero verla —sollozaba Clara.

La hermana Lourdes, con la niña en brazos, aún llena de sangre y sin limpiarla se la entregó a Clara para que la tuviera en sus brazos.

—Desabróchate la camisa y empieza a amamantar a tu preciosa niñita.

Clara, olvidando el dolor que aún sentía y sufría, cogió a su bebé en brazos mientras le acariciaba su pequeña y pelona cabecita.

—Te voy a llamar Mariana, como mi abuela.

Nadie de los allí presentes imaginaban lo que tenía en mente Clara.

—Hermana Lourdes, ¡llévese a mi hija! —la monja no daba credibilidad de lo que le estaba diciendo Clara—, yo no puedo mantenerla, y los señores me despedirán, no querrán que me quede en el palacio cuidando de mi hija.

—No hagas eso, Clara, seguro que no habrá problemas.

—Haz caso a tu amiga Pepa, te arrepentirás si nos la entregas, ya que una vez esté en nuestras manos, no podrás reclamarla, e incluso otra familia tendrá derecho a adoptarla y ya nunca más sabrás de ella.

—Es un riesgo que voy a asumir, he estado pensándolo todos estos meses y no voy a dejar que mi hija sea una desgraciada, prefiero que una familia con mejores condiciones económicas la pueda acoger y tenga una infancia feliz.

Clara acariciaba a su hija Mariana, y la lavaba apreciando lo bonita que era, con la piel blanca y unos ojos que todavía era muy pronto para averiguar si eran iguales a los de ella. Aunque sabía que en pocos días los bebés cambiaban su aspecto físico, con mucho dolor y lágrimas en los ojos, ante la mirada de su amiga Pepa, se la entregaba a la hermana Lourdes.

—Solamente quiero pedirle un favor, que mientras la niña esté en Sanlúcar de Barrameda me permita visitarla los días que tenga libres.

—Hablaré con la madre superiora pero no puedo asegurártelo, pásate la semana que viene y te daré una respuesta.

Mariana lloraba cuando la hermana Lourdes la introducía en una cesta de mimbre y la tapaba con una manta. Su madre, Clara, veía cómo se alejaba del establo, del palacio de los Montpensier, separando para siempre el vínculo que las unía…o eso creía ella.

# Capítulo 2

## La adopción
## Septiembre de 1915

Clara fue a ver a la pequeña Mariana al convento Madre de Dios en Sanlúcar de Barrameda, custodiada por las monjas que allí vivían con los bebés y niños sin padres o que simplemente eran abandonados en la puerta. Se le permitía visitar a su hija una vez a la semana, por lo que Clara acudía todos los martes que tenía libre en el palacio sin falta.

La pequeña Mariana había crecido sana y feliz junto a las monjas que le daban todo el cariño que no le ofrecían sus padres, pero ella, que contaba ya con siete años, esperaba con ansiedad todas las semanas a una mujer llamada Clara, con la cual había creado un vínculo tan parecido como el de una madre y una hija. Iban juntas a pasear por el pueblo, tomaban chocolate, le enseñaba a coser y a hacer ganchillo… y sobre todo hablaban mucho. Mariana contaba a las amiguitas que crecían con ella en el convento que ojalá la pudiera adoptar Clara, para marcharse con ella y así poder estar unidas para siempre.

Un martes cualquiera del mes de septiembre y antes de ver a su hija Mariana, Clara fue a visitar a la hermana Lourdes, ya que tenía algo importante que decirle. La hermana Lourdes le abrió la puerta de su despacho de trabajo disponiéndose a escucharla atentamente.

—Hermana Lourdes —se arrodillaba a las piernas de la monja—, tiene que permitirme llevarme a mi hija, decirle toda la verdad… ella me quiere mucho y lo entenderá. En estos momentos ya puedo alquilar un piso pequeño con todo lo que he ahorrado estos años y a Mariana no le faltará ni la comida ni la educación.

—Clara, no es tan fácil, tendré primero que hablar con la madre superiora, pero recuerda que firmaste un documento en el que nos dabas la patria potestad de tu hija.

—Hágalo, hermana, se lo pido por Nuestro Señor, hágalo, por favor —suplicaba juntando las manos y con las venas de los ojos visiblemente enrojecidas.

—Cuando venga la semana que viene le daré una respuesta.

Clara se lanzó a los brazos de la hermana Lourdes llorando y contenta de alegría.

—Mariana te quiere mucho y cuenta los días para verte cada semana, la madre superiora lo sabe y todas esperábamos que lo que me acabas de contar sucediera tarde o temprano.

Clara abrazó a su hija nada más verla aparecer.

—¡Qué bien!, tenía tantas ganas de verla.

—Y yo, preciosa.

—¿Puedo hacerle una pregunta, Clara?

—¡Claro que sí!, ¿te ha pasado algo?, ¿te han pegado? —mientras miraba los brazos desnudos de Mariana observando si llevaba un moratón.

—¡No, no! —reía a carcajadas.

—Pues entonces, dime, ¿qué quieres preguntarme, princesita?

—¿Puedo irme a vivir con usted? —preguntaba sin andarse por las ramas.

Clara no esperaba la pregunta y se quedó callada unos segundos, tanto que Mariana cambió su rostro sonriente por el de un semblante más serio.

—¡Por supuesto que quiero que te vengas a vivir conmigo! —Mariana miró fijamente a los ojos de Clara y la expresión de su cara volvió a cambiar—, pero no es tan fácil, haré todo lo que pueda, porque te quiero mucho, ¿lo sabes?

—Sí, yo también la quiero mucho, Clara.

Ambas salieron del convento e invitó a su hija a merendar chocolate con churros en la churrería de siempre en Sanlúcar de Barrameda. Después la llevó a una feria ambulante donde había payasos, malabaristas, títeres, y la dejó subir a dos atracciones, el carrusel y unas sillas colgantes que daban vueltas muy rápidas, de las que disfrutó mucho al lado de Clara, la persona que más quería. Mariana ignoraba que esa señora que la visitaba cada semana durante sus siete años recién cumplidos de vida era su propia madre…

## Capítulo 3

**El último adiós**
**Una semana después**

Pasada una semana, el penúltimo martes de septiembre, Clara se presentó de nuevo en el convento, visiblemente nerviosa. Allí la esperaban la madre superiora y la hermana Lourdes.

Cuando Clara entró en el despacho saludó a las dos monjas y sus mejillas enrojecieron visiblemente.

—Siéntate, Clara, tenemos una muy buena noticia para ti.

Clara se santiguó (hizo la señal de la cruz) y dejó que la madre superiora siguiera hablando, a la vez observaba de reojo a la hermana Lourdes.

—Vas a recuperar a tu hija Mariana, aproximadamente en una semana estarán todos los documentos tramitados y listos para que puedas volver a tener la custodia de tu hija.

—No saben cuánto se lo agradezco —Clara se levantó de la silla con una gran sonrisa en su cara y con enorme sorpresa y agradecimiento abrazó a las dos monjas—. No se arrepentirán, tuve que separarme de ella y dejarla con ustedes cuando nació, pero por entonces era demasiado joven para poder criarla...han hecho de ella toda una señorita responsable.

—Si hemos aceptado a que obtenga la custodia de su hija es porque ella también desea estar a su lado y así nos lo hacía saber siempre el día antes de su visita semanal, pero la hermana Lourdes y yo queremos pedirte que le digas la verdad a Mariana, ¡dile que eres su madre!

—¡Pero! ¿Y si me rechaza por no entender el porqué la dejé con ustedes?

—No te va a rechazar, he oído miles de veces como hablando con sus amiguitas siempre deseaba que ojalá tú fueras su madre.

Clara no podía ser más feliz al oír eso de la hermana Lourdes mientras veía entrar a la madre superiora con la niña, cogidas las dos de la mano.

—¡Clara! —se abalanzaba Mariana corriendo hacia sus brazos.

—¡Mi niña!, tengo que decirte algo muy importante —temblaba, estaba nerviosa y clavaba los ojos en los de Mariana, hasta que le dijo la verdad ante la presencia de la hermana Lourdes y la madre superiora—. ¡Yo soy tu mamá!

Mariana estaba desconcertada mirando fijamente a Clara, a la madre superiora y a la hermana Lourdes; no sabía si lo había escuchado bien. El despacho de la madre superiora estuvo durante cinco segundos en un completo silencio, no se escuchaba ni el silbido del viento esa mañana. Mariana reaccionó y corrió hacia su madre abrazándola fuertemente, derramando lágrimas de alegría, y entretanto su madre se excusaba contándole el motivo de haberla dejado con las monjas en el convento.

—Desde que tengo uso de razón usted no ha dejado de venir a verme y sé que me quiere tanto como yo la quiero, mamá —Mariana abrazó de nuevo a Clara y esta derramaba lágrimas al oír la voz de su hija decir *mamá*.

—¿Puedo hacerle una pregunta?

—Todas las que quieras, cariño mío.

—¿Está usted viviendo con mi padre?

Clara no sabía ni cómo responder a su hija ante la pregunta que le acababa de hacer y balbuceando un poco acabó de explicárselo todo.

—Tu padre me abandonó cuando supo que estaba embarazada de ti, me disgustó tanto que por eso fue uno de los motivos por los que decidí dejarte al cuidado de las monjas dominicas —Mariana abrazó a su madre mientras entrelazaban sus dedos. Llegadas las ocho de la tarde y tras realizar su paseo habitual, ambas se despidieron para reunirse en breves días, tan pronto como las monjas tuvieran la documentación preparada.

—¡Te quiero mucho, Mariana!, no lo olvides, en pocos días estaremos juntas, para siempre.

—¡Yo también la quiero, mamá, la estaré esperando impacientemente!

Clara la besó en las mejillas sin dejar de mirarla a los ojos hasta que por fin se cerró la puerta del convento de Madre de Dios. Al salir se puso su chaquetilla de hilo hecha por ella misma, ya que notaba un poco de frío. Mientras cruzaba la calle, escuchó una voz muy familiar y conocida, se giró con las piernas temblorosas, pues parecía reconocerla. Sin duda no se equivocaba, sus ojos se quedaron fijos hacia la persona que la llamaba por su nombre. Era Ramiro, el padre de Mariana, y sin dudarlo retrocedió para ir a hablar con él, pero desgraciadamente estaba tan perpleja que no se dio cuenta de que un coche Hispano Suiza hacía su presencia en esos momentos por la calle, el cual la atropelló sin que el conductor del vehículo pudiera hacer nada para evitarlo. El automóvil arrolló el cuerpo de Clara y lo arrastró varios metros hacia adelante, golpeándole la cabeza contra el asfalto formado por adoquines, lo que le causó la muerte instantánea ante la mirada atónita y a la vez indiferente de Ramiro, quien en lugar de ir en su ayuda se giró y se marchó rápidamente de allí.

...

—¡Madre superiora! ¡Madre superiora! ¡Qué desgracia! —gritaba la hermana Lourdes a la vez que corría por el convento buscándola—. ¡Dios mío qué horror, qué horror!

—¿Qué pasa, hermana Lourdes?

—¡Clara!, la acaba de atropellar un coche de esos modernos —el corazón de la madre superiora se le aceleraba en cuanto escuchaba la atroz noticia—. ¡Está muerta, madre superiora! ¡Ha fallecido en el acto!

La madre superiora se puso las manos en la cara pensando en el fatal desenlace de Clara. En ese momento se puso a pensar cómo se lo iba a decir a Mariana, su primogénita.

# Capítulo 4

## Soledad

La hermana Lourdes había sido la encargada de dar la mala noticia a Mariana. Esta, que ya tenía preparadas las maletas para irse a vivir con su madre, no ocultaba el dolor que transmitía a través de la expresión de sus ojos por haberla perdido y, llorando sin creérselo, se marchaba a su habitación, hacia donde la siguió la hermana para consolarla.

—Llora, niña, llora, desahógate todo lo que quieras conmigo —le tocó suavemente el pelo e intentó secarle las lágrimas con su pañuelo—, ¡ha sido todo tan desafortunado!

—Me gustaría verla por última vez —dijo levantando la cabeza Mariana mirando a la hermana.

—Hoy va a ser el entierro, puedes acompañarnos… tu madre tan solo tenía una amiga, a nosotras y a ti, así que ponte la ropa con el uniforme de estudio.

Mariana llegó acompañada por las monjas al cementerio de Sanlúcar de Barrameda. Mientras contemplaba el ataúd donde yacía su madre, lloraba y depositaba una rosa que llevaba entre sus manos sobre el féretro de madera. Pudo observar que también estaban los señores de Montpensier, así como una señorita que también lloraba desconsoladamente, seguramente era Pepita, la amiga de Clara.

—Adiós, mamá, volveré a tenerte entre mis brazos cuando Dios quiera reunirme contigo —así se despedía

Mariana en el momento en que el ataúd con el cadáver de Clara dentro era depositado en el nicho, en cuya tapa de mármol habían escritas unas palabras. La inscripción decía lo siguiente: «Tu hija Mariana nunca te olvidará».

## Octubre de 1916

Había pasado más de un año de la muerte de Clara y su hija Mariana cumplió en agosto ocho años. Durante esos trescientos sesenta y cinco días había madurado mucho más de lo que ya era con siete años y se había convertido en una muchachita muy trabajadora que estudió constantemente y no paró de ayudar a las monjas dominicas en las tareas que le encomendaban.

La madre superiora llamó a su despacho a la hermana Lourdes, pues tenía que decirle algo de máxima importancia en referencia a Mariana.

—Hermana Lourdes, hemos recibido aprobada la petición para la acogida de Mariana en una familia inglesa, al parecer el rey ha intervenido para que unos amigos suyos aristócratas ingleses obtengan la custodia de la niña.

La hermana Lourdes se puso triste, todas las niñas de ocho a diez años se solían marchar de los orfanatos. Muchas familias poderosas y ricas las adoptaban o conseguían la custodia para ser mozas de compañía de sus hijos. Mariana entró a los pocos minutos en el despacho de la madre superiora con semblante serio.

—Mariana, una familia inglesa muy rica te va a acoger en su casa hasta tu mayoría de edad, ha obtenido tu custodia, serás la moza de una de sus hijas que nacerá aproximadamente en dos meses —a Mariana se le iluminó la cara con una leve sonrisa pero a la vez con tristeza al saber que tendría que abandonar el convento y no poder ir al cementerio a visitar a su madre—, ¿sabes lo que significa?, ¡vas a aprender otro idioma y tendrás todas las comodidades que una princesa tiene!

—Yo solo quiero que me traten bien.

—Claro que sí, el rey Alfonso XIII nos ha escrito una carta diciendo que es una familia muy buena y todo Londres la respeta. Te vamos a echar mucho de menos, eres un ejemplo para todos los niños huérfanos del convento.

—¿Y cuándo marcharé hacia Londres?

—Mañana vienen a buscarte —se sorprendió Mariana al escucharlo, solamente le quedaban unas pocas horas para irse de Sanlúcar de Barrameda… ¡Y para siempre!

—Vamos a poner toda tu ropa en una maleta que te voy a dar —la hermana Lourdes cogió de la mano a Mariana y se la llevó a su habitación para poner la poca ropa que tenía en el equipaje.

—Escríbenos de vez en cuando, mi niña, y acuérdate de que en este convento tienes una familia.

Mariana abrazó a la hermana tan fuertemente que ésta notó cómo temblaba de nervios la niña al tener que partir hacia Londres, donde se hablaba otro idioma que ella desconocía completamente.

—Os escribiré todos los días, no lo dude, hermana.

Al día siguiente se marchó hacia Londres acompañada por una de las doncellas de la familia londinense, a la que en pocas horas iba a conocer. Abrazó a todas las monjas que vivían en el convento y a sus amigas, en especial a Pepita.

—Suerte, amiga, que seas muy feliz en Inglaterra.

—Yo también te deseo lo mejor —la abrazó afanosamente.

Mariana se despidió de todas gesticulando con la mano a través de la ventanilla trasera del coche, mientras este se ponía en marcha.

Mariana intuyó que no iba a ser tratada como los hijos de esa familia inglesa que la acogerían, supo que si iba allí era por una razón, sería la moza de la niña rica inglesa que probablemente nacería en noviembre y, a pesar de ello, tuvo claro que por encima de todo lo iba a hacer gustosamente.

**Palacio de los Montpensier**

Habían llamado a la casa y Pepita abría la puerta, como de costumbre. Fue tanto su asombro al descubrir quién estaba tras de ella que casi desfalleció.

—Sí, soy yo, no te asustes.

—¡Ramiro!

—Sé que Clara murió hace un año, vine a pedirle perdón por haberla abandonado pero fue atropellada, una desgracia.

—¿En serio creías que Clara te iba a perdonar?, ¡le hiciste demasiado daño!, y ahora, por favor, márchate de esta casa, no quiero tener problemas con los señores por tu culpa.

—Tan solo he venido a preguntarte una cosa, sé que eras la mejor amiga de Clara, y si aún la guardas en tu memoria, me lo dirás por ella.

—¡No tengo nada que decirte! ¡Por la memoria de Clara! ¡Márchate! —antes de que Pepita cerrara la puerta, Ramiro se lo preguntó bastante rápido.

—¿Dónde se llevaron a mi hija?

—¿Qué hija?

—No disimules, sé que creció en el convento junto a las monjas dominicas y que se llama Mariana, la vi pasear con su madre ese fatídico día y hoy cuando fui a preguntar en el convento me dijeron que allí no vivía ninguna Mariana ¡y eso no es verdad! ¡Mentían! —decía enojado Ramiro con los puños fuertemente cerrados y amoratados.

—Se ha ido a vivir a un lugar tan lejos de aquí que nunca más la volveremos a ver, ni tú ni yo. Así que olvídate de ella como lo has hecho hasta ahora... —y Pepa cerró fuertemente la puerta del palacio ante Ramiro, visiblemente malhumorado y enojado.

# Capítulo 5

**Una visita inesperada
2 de marzo de 1983
Hospital Médico Pacífico Central**

Después de tres horas intensas de sueño, Pip Scott-Ellis (Priscilla era su verdadero nombre, pero ella siempre se presentaba con el diminutivo Pip desde que tuvo uso de razón) se despertó en la cama de un hospital de Los Ángeles. Supo el motivo del ingreso tan pronto como le diagnosticaron cáncer de pulmón, e igualmente supo quién era el culpable: el tabaco. Al parecer el pronóstico no era nada halagüeño, parecía terminal, por eso estaba ingresada, aunque su marido Ian Hanson había decidido ocultárselo, pero Pip no era tonta y sabía que ya no saldría de ese hospital. Con tan solo sesenta y siete años, Pip, que aún era bastante joven, ya no se teñía de rubio su pelo corto y rizado y dejaba a la vista su blanco cabello. Aun con la cara y los ojos bastante arrugados por el tiempo, Pip había sido una mujer bastante bella, aunque ahora lo que más le preocupaba era poder curarse de su enfermedad para seguir viviendo con el amor de su vida, el hombre que cada mañana al despertarse siempre estaba allí junto a ella, durante los diez días que llevaba ingresada. La acompañaba también una mujer vestida de negro pero más joven de edad concentrada en el rezo del rosario.

Ian le explicaba a Pip lo que estaba haciendo la tarde anterior cuando la puerta de la habitación del hospital se abrió y apareció un hombre de avanzada edad al cual no reconocieron. Tenía el pelo canoso, pero aun así era muy atractivo, y venía con una mujer, de edad similar.

El hombre misterioso al que ni Pip ni Ian reconocieron se fue acercando a ellos y se quedó unos segundos observando a la mujer que había envejecido desde la última vez que la vio, cuando aún era joven, con los ojos de un color azul intenso, bella y de pelo rubio y a la vez ondulado.

—¿No me reconoces, Pip? —le preguntó en castellano.

Pip reaccionó sorprendida cuando el hombre le habló en otro idioma que no fuera el inglés, y lo distinguió en el instante después de que mil recuerdos le pasaran por su cabeza.

—¡Mi querido Gerard! —se levantó de la cama y dirigiéndose hacia él lo abrazó—. ¡Qué alegría!, ¡pero qué guapo estás a tu edad!

—Gracias por llamarme viejo —se reía a carcajadas.

—Ian, este señor es Gerard, aquel del que tantas veces te hablé, lo conocí en Guernica, fue el marido de mi prima lejana Claudia, ¿lo recuerdas?

—Sí, me lo has contado muchas veces, cómo iba a olvidar su nombre —ambos se dieron la mano.

—Encantado, Ian, ella me habla muy bien de usted cuando nos escribe… Tú, Pip, ¿cómo te encuentras?

—El maldito tabaco y unos pulmones destrozados… —se reía con humor—, ¿no me vas a presentar a esa señora que va a tu lado?

—Sí, claro que sí, ella es Elena, mi esposa, hace muchos años que no te enviamos fotos y es por eso que no te acuerdas de su cara.

—¡Oh, claro que sí!, perdóname, Elena, esta enfermedad me afecta también al cerebro. Encantada de conocerte personalmente —se acercó y la besó en la mejilla.

La mujer vestida de negro acababa de rezar su rosario y también se presentaba ante Gerard y su mujer.

—Hola, yo soy María, la mayor de sus tres hijos —miraba a Pip mientras se presentaba.

Pasaron toda la tarde charlando.


## 7 de marzo de 1983

Gerard se había quedado unos días más en Los Ángeles y visitaba a Pip en el tiempo que permaneció allí ingresada. Cuando tan solo le faltaba un día para marcharse hacia España, recibió una llamada en la habitación del hotel. Le llamaba Ian, su mujer Pip había empeorado, por lo que hizo una llamada de teléfono para retrasar su vuelta de viaje y se vistió rápidamente para acudir al hospital.

—¿Cómo está? —preguntaba a Ian que permanecía fuera de la habitación junto a María.

—Parece ser que con la medicación que le han puesto ha podido estabilizarse, ahora está medio sedada, el doctor Jackson me ha dicho que es cuestión de días.

—¡Maldito cáncer! ¿Y sus otros dos hijos?

—Les he llamado, no saben si encontrarán vuelos urgentes para poder llegar rápido y ver a su madre viva.

Al cabo de una hora les dieron permiso para entrar en la habitación, Pip estaba despierta y al verlos a todos juntos les saludó sonriente con la mano, como solo ella sabía hacerlo.

—¿Ya sabéis la noticia, no?, dentro de muy poco tiempo seré un cadáver más de este hospital.

—¡No hables así, mi amor!

—Ian, sé que va a ser duro, pero tienes que afrontarlo, sabes que te estaré observando desde el más allá —sonreía Pip mientras Ian la abrazaba junto con María.

Otra persona llamó a la puerta de la habitación de Pip y todos vieron entrar a una mujer mayor con el pelo muy bien arreglado con un moño, aunque canoso. Aparentaba muchos años menos de los que tenía, su piel todavía la mantenía tersa, propio de una mujer de unos cincuenta años.

—¡Mi querida Elisabeth! ¿Qué haces tú por aquí?

—¡Mi querida Pip, qué hermosa estás todavía, no pasa el tiempo para ti!

—Mira quién fue a hablar, tú aparentas muchos menos años que yo —sonreían ambas, a la vez que se daban un fuerte abrazo ante la atónita mirada de todos los demás presentes en la sala.

—¡*Ohhh,* perdonadme, qué cabeza la mía!, esta mujer que acaba de llegar es una vieja amiga mía, la conocí en Elna, recién acabada la Guerra Civil y le pasaron tantas cosas... después ya tan solo nos carteábamos de vez en cuando, pero nunca hemos dejado de hacerlo.

—Hola a todos, me llamo Elisabeth Eidenbenz, encantada.

Todos los demás empezaron a presentarse también.

—Encantada, señora, yo soy María, la hija mayor.

Elisabeth se la quedó mirando silenciosa como si esa cara le fuera muy familiar, bastante.

—¡Me resultas tan familiar, es como si ya te hubiera conocido, eres tan parecida a…! —en ese preciso instante Pip, poniéndose nerviosa, interrumpió la conversación de golpe.

—¿Qué pasa, mamá?, ¿qué significa lo que está diciendo la señora Eidenbenz? —preguntaba María, desconcertada, ante tanto enigma.

—Elisabeth, ¡cómo no te va a sonar su cara si siempre te he estado enviando fotos de mis hijos! y desde bien pequeñitos.

—¡No es eso, Pip! —Elisabeth observa como ella la miraba fijamente reconociendo esa actitud, sabía que le estaba diciendo en pocas palabras que no siguiera hablando—. Perdóname, María, ya me estoy haciendo una viejona y todas hablamos demasiado, lo siento.

María estaba aún más perdida y Pip siguió hablando…

—Veréis, Elisabeth fue profesora y también ejerció de enfermera, fundó una maternidad conocida muchos años después como la Maternidad de Elna. ¿Os suena de algo?

—Pip, no les cuentes mi historia, les aburrirá un montón.

—De eso nada, querida, todos tenemos un pasado, ¿hasta tú, Gerard, verdad? —asentía él.

—María, prepara papel y lápiz, hoy y si mi cuerpo delicado me lo permite os voy a contar muchas cosas, cosas que he ocultado, y que ahora debido a mi delicado estado de salud quiero que vosotros, mis mejores amigos, mi esposo y mi hija aquí presentes, las sepáis. Toda la verdad. Antes de que mi ex marido vaya a escribir de mí y cuente «mentiras» sobre mi persona, no me gustaría dejar dudas sobre mi pasado.

—¡Mamá! No creo que estés en condiciones para remover todo tu pasado, necesitas descansar.

—Dentro de pocos días descansaré para siempre, ¡venga!, ¿tienes papel y un bolígrafo?

—No tengo.

—Lo solucionaré enseguida —Pip llamó al timbre de la habitación y acudió al instante una enfermera.

—¿Está usted bien, señora Scott?

—Enfermera, necesito que me proporcione folios y un bolígrafo.

—Ahora mismo se los traigo.

—¡Veis!, todo solucionado. Las enfermeras cuidan de mí, nosotros también debemos cuidar de ellas.

Una vez María tuvo las hojas y el bolígrafo, se sentó al lado de su madre esperando a que empezara a contar la historia, mientras Ian, Elisabeth, Gerard y Elena se sentaban en el sofá de la habitación dispuestos a escucharla muy atentamente.

—Podéis interrumpirme todo lo que queráis, también sobre lo que no entendáis, pero lo que os voy a contar es totalmente la verdad. Lo único que no voy a hacer y no me interesa los más mínimo contar es cuando me casé con mi primer marido, como ya os he dicho, seguramente él mentirá sobre mí cuando escriba sus memorias, de eso estoy segura.

—Toma un poco de agua, mamá.

—No tengo sed, María, así que empieza a escribir.

Voy a iniciar la historia en primer lugar contándoos un breve resumen de mis antepasados, no quiero aburriros con eso pero es imprescindible…

## Capítulo 6

## Pip
## Árbol genealógico

Mis padres fueron extraordinariamente creativos y excéntricos, ella se llamaba Margaret Van Raalte y él, Thomas Evelyn Scott-Ellis, el octavo lord Howard de Walden y cuarto lord Seaford. Mi madre nació en 1890, hija de un banquero extremadamente rico de origen holandés, Charles Van Raalte, y de Florence Clow, una inglesa con cierto talento como pintora aficionada. Mi abuela era tan esnob que se la conocía en la familia como señora Van Realeza. Mi madre había heredado de sus padres mucho dinero y talento musical, artístico y era buena pintora. De hecho, su voz era lo bastante buena como para recibir formación operística. Eso me influyó bastante en mi educación durante mi infancia. Mis abuelos maternos vivían en la abadía de Aldenham, cerca de Watford en Hertforshire, donde a menudo les visitaban miembros de la realeza española. La infanta Eulalia, tía de Alfonso XIII y mujer de reputación escandalosa, era amiga de mis abuelos paternos. Los dos hijos de la infanta Eulalia, el príncipe Alfonso y el príncipe Luis de Orleans y Borbón, se educaron en internados ingleses y solían pasar las vacaciones de verano con la familia. A finales de la década de 1890, mis abuelos compraron la paradisíaca isla Brownsea en la bahía de Poole. Era un castillo medieval, con dos lagos de agua dulce, las acequias y los riachuelos, un lugar maravilloso para los niños. Mi madre pasó muchos veranos estupendos con otros niños, entre los que se encontraba el príncipe Ali y el príncipe Luis.

Thomas, mi padre, en 1901 y con veintiún años, se convirtió en un hombre inmensamente rico cuando heredó el título de su padre y la fortuna de mi bisabuela, *lady* Lucy Cavendish-Bentick. Entonces compró una lancha motora de carreras y compitió hasta tal punto que eran tan peligrosas que estuvo a punto de costarle la vida alguna vez, una de ellas fue cruzando el canal de la Mancha. Luego compró un yate y formó parte del equipo olímpico británico en 1906. También adquirió una cuadra de caballos de carreras. En su infancia había pasado veranos felices en la isla de Brownsea, que entonces pertenecía a su bisabuela. Años más tarde intentó comprarla sin éxito. Profundamente decepcionado, se consoló cuando sus futuros suegros, que resultaron ser amigos de su madre, Blanche, le invitaban a la isla de Brownsea para navegar en verano y cazar en invierno.

Poco después se casó con mi madre, en el año 1912 y, deseoso de mantener un vínculo con el Ejército, se unió a los Westminster Dragoons, o lo que es lo mismo, era una unidad de caballería en la reserva del Ejército central de Londres.

Ese mismo año tuvo una inmensa alegría cuando se enteró de que estaba embarazada y aún más cuando su ginecólogo le informó que no llevaba un niño en su vientre, sino dos.

—¡Oh, Dios mío, Tommy! —con ese diminutivo le llamaba así a mi padre—, ¿si no estoy preparada con uno cómo lo voy a estar con dos?

—Margot —así la llamaban también a ella con ese diminutivo—, es la mejor noticia que podíamos recibir, soy tan feliz.

Mi madre, que estaba tan enamorada de mi padre, al escuchar las palabras tan sinceras de él se ilusionó tanto con el embarazo gemelar que fue corriendo a contárselo a todas sus amistades más íntimas. Los primeros en saberlo fueron los príncipes de Orleans y Borbón, después además de toda la aristocracia inglesa.

La sorpresa fue cuando el 27 de noviembre de 1912 tuvo a un hermoso niño y a una bellísima niña. A mi hermano le puso el nombre de John Osmael, que pasaría a ser el noveno barón Howard de Walden y a mi hermana la llamarían Bronwen María.

El 28 de julio de 1914 en Europa se inició la Primera Guerra Mundial, o como se llamó entonces la Gran Guerra, y mi padre partió hacia Egipto como subjefe de su regimiento. En ese momento mi madre se volvía a quedar embarazada de una niña que nació el 5 de diciembre de 1914, su nombre era Elizabeth, y al poco de tenerla mi madre partió hacia Egipto para reunirse con mi padre. Era frecuente entre las clases altas de la época dejar a los hijos con una niñera, en el caso de mi familia los tres hijos se quedaron en el castillo de Chirk, residencia de verano al norte de Gales. Mis tres hermanos vivieron de forma tan descuidada que contrajeron raquitismo.

—Margot, acabo de alistarme como voluntario para ir con las fuerzas de invasión británicas a Galípoli.

—Como sé que no voy a poder retenerte junto a mí le he pedido a Mary Herbert que montemos un hospital de sangre para los heridos que lleguen de Turquía —Mary Herbert era la mujer de Audrey Herbert.

—Eres la esposa perfecta, con una caridad y humildad hacia los demás enormes, por eso cada día que pasa estoy más enamorado de ti.

A finales de 1915 destinaron de nuevo a mi padre a Egipto, mi madre estuvo con él a excepción de los viajes que efectuó a Londres para ver a mis hermanos mayores, y fue en mayo de 1916 cuando por fin pudieron regresar ambos a Inglaterra.

—Tommy, ¡vas a ser papá de nuevo! —mi padre, visiblemente contento, la abrazó entusiasmado—, dice el ginecólogo que estoy de más de tres meses de embarazo.

Mi madre decidió entonces que la niñera tenía bastante con mis tres hermanos mayores y habló con sus amigos españoles, Alfonso de Orleans y Borbón y su mujer Beatriz de Sajonia-Coburgo-Gotha…

—Necesito de vuestra ayuda.

—¿Te pasa algo, Margot? —dijo la princesa Beatriz.

—Tenéis que recomendarme una muchacha que esté ya moza, para estar al lado de mi bebé desde el día que nazca, que esté a su lado las veinticuatro horas del día, que sea su asistente, su niñera y su amiga.

—¡Claro que te vamos a ayudar! —dijo el príncipe Alfonso—, precisamente en Sanlúcar de Barrameda hay un convento que lo llevan unas monjas dominicas y acogen a niños y niñas abandonados por sus padres, o simplemente porque fallecieron y no eran acogidos por sus familiares más cercanos. Estos días me pondré en contacto con ellas y te digo algo.

—¡Te estoy muy agradecida!

En octubre de 1916 los príncipes fueron invitados a una cena de gala en casa de mis padres y les comunicaron que ya habían encontrado a la que sería mi moza.

—Es una muchacha muy educada y con un gran corazón, así me lo ha hecho saber la madre superiora del convento de Sanlúcar de Barrameda.

—¡Muchas gracias!, no saben como les estoy agradecida —dijo mi madre, sorprendida y contenta, a los príncipes—, la vamos a tratar como a una hija más, y ¿saben cómo se llama la muchacha?, ¿cuántos años tiene?

—Tiene ocho años y su nombre es Mariana.

—Precioso nombre español —dijo mi madre.

A los dos días, una doncella fue a buscar a Mariana a Sanlúcar de Barrameda para vivir en casa de mis padres hasta la llegada de mi nacimiento, a mediados de noviembre.

## Capítulo 7

## La presentación
## 28 de octubre de 1916

Para Mariana era la primera vez que pisaba suelo inglés. Recuerdo mucho las veces que me contaba lo increíblemente grande que era la ciudad de Londres. En un paseo por donde la llevó el chofer junto con la señorita que la acompañaba, me decía que le contaba a Annabelle, la doncella, en idioma español que aquel campanario con un reloj en lo alto era lo más bonito que había visto en su vida, que era una iglesia preciosa, y yo entonces no podía parar de reír... me dijo que por supuesto Annabelle no entendió ni una palabra y Mariana tampoco sabía ni una pizquita de inglés, así que se dedicó a observar los preciosos monumentos. Aunque para ese primer día le era todo desconocido, más tarde, con la ayuda de las clases de inglés y en sus horas libres, descubriría los verdaderos nombres de todas esas estructuras enormes que ella definía como mágicas. En pocas semanas ya empezó a entender el inglés, aunque hablarlo le costó varios meses.

Cuando llegó a mi casa se quedó estupefacta al ver lo grandiosa que era, un edificio de estocado blanco y muchísimas ventanas, todas en los cuatro pisos que ella pudo contar. Nada más bajar del coche se asustó mucho cuando vio que fuera, en la puerta enorme de la casa, había hombres serios en fila para recibirla como si fuera una reina, iban vestidos con traje negro, y las mujeres con vestidos negros largos que no se les veían ni los zapatos, una bata blanca y cofia negra en la cabeza, todos ellos con los brazos entrelazados. Ella se puso cabizbaja, avergonzada, y empezó a andar junto a Annabelle sin entender lo que hablaba en ese idioma desconocido para ella, pero sí intuía que le estaba presentando a cada uno de los hombres y mujeres que habían salido a recibirla. Le dijeron demasiados nombres raros y para ser nombres de persona tampoco los entendía, así que sus mejillas se enrojecieron todavía más de la vergüenza que estaba pasando. Cuando entró en la enorme casa, sintió un escalofrío por todo su cuerpo y Annabelle la miró con cara de pena.

Mariana observó la enorme escalera de mármol que ignoraba a qué otro lugar maravilloso de la casa la llevaría. Fue entonces cuando se percató de la presencia de mi madre, una mujer bellísima, según me contaba Mariana. Se dio cuenta de la enorme barriga pronunciada que había debajo de ese vestido de seda y de color rosado que ese día llevaba puesto. A su lado había un hombre alto del que emanaba una sonrisa como jamás Mariana había visto, sus dientes eran perfectos y tan blancos como el mármol que se hallaba en casi toda la casa. Como no entendía nada y estaba tan nerviosa, se arrodilló como quien saluda a unos monarcas, y tanto mi padre, Tommy, como mi madre, Margaret, empezaron a reírse y cogieron de los brazos a Mariana para que se levantara. Entonces escuchó como mi madre dijo el nombre de una doncella de entre las mujeres que la esperaban en la puerta, su mundo se iluminó, ya que ese nombre no era inglés sino español, la llamó «Lolita», aunque después no supo qué más dijo. Lolita se le acercó para saludarla.

—Bienvenida, Mariana, soy española como tú —a ella se le abrió el cielo al escuchar hablar a Lolita en español y se le acabaron los nervios que tenía atrapados en su cuerpo—. Voy a ser desde ahora mismo tu traductora, tu profesora de inglés y te enseñaré en nuestras horas libres esta preciosa ciudad.

—Muchas gracias, no sabes lo agradecida que estoy.

Lolita empezó a traducir lo que decían los señores a Mariana y viceversa, y empezaron a presentarse.

—El señor de la casa se llama Thomas Scott-Ellis y la señora, Margaret Van Raalte. Me dicen que vas a ser una hija más para ellos y que no te preocupes que no te va a faltar de nada.

Mariana agradeció a los señores con un gracias en inglés que era de las pocas palabras que sabía decir y que aprendió en el convento de Sanlúcar de Barrameda.

—Dile a los señores que estoy muy agradecida por adoptarme y acogerme para ser la moza de su futuro bebé.

Entonces Mariana oyó gritos de niños, eran mis tres hermanos que se habían escapado de su habitación en busca de su nueva hermana mayor, ya que así fue como se lo comunicaron mis padres, que iban a tener una hermana española.

# Capítulo 8

## El nacimiento

Diez horas al día, durante un periodo de casi tres semanas, Mariana aprendió a marchas forzadas el inglés, junto a profesores y Lolita, la doncella, que se había convertido en su mejor amiga. Todavía no entendía muchas palabras si le hablaban rápido, pero ella ya sabía decir frases enteras con su verbo y sus adjetivos.

El 13 de noviembre de 1916 mi padre fue trasladado a los Fusileros Reales de Gales para servir en Francia; dos días después de partir nací yo, el 15 de noviembre de 1916, durante un bombardeo en la ciudad de Londres, o eso me contó Mariana años mas tarde.

—Se llamará, de nombre galés, Esyllt Priscilla Scott-Ellis —dijo mi madre mientras me sostenía en brazos, ante la mirada de Mariana que estaba llorando por la emoción.

Yo era una bonita chiquilla de bucles dorados y ojos azules, desde ese día y con tan solo unos pocos minutos de vida, Mariana, mi protectora y mejor amiga, mi segunda madre, aunque tuviera solamente ocho años, iba a ser quien me enseñaría humildad y a hablar y entender el español. Desde ese momento dejarían de llamarla por su nombre de pila y todos empezaron a nombrarla como la moza de Pip.

—Va a ser una gran responsabilidad por nuestra parte dejar en tus manos a nuestra hija, tu hermana pequeña, por lo que es así como debes sentirla. Queremos que sepas que, tanto Tommy como yo, estamos muy orgullosos de haberte adoptado.

Mariana abrazó a mi madre y ambas se pusieron a llorar mientras yo hacía lo mismo pero sin saber por qué ya que tan solo tenía horas de vida.

Mariana decía de mí que era una niña afectuosa, siempre dispuesta a agradar y gustar.

Me crié en el esplendor de la casa de Seaford en Belgrave Square hasta los nueve años, y asistí de día a un colegio de Londres, Queens College. A esa edad ya tenía nuevas hermanas, esta vez más pequeñas que yo, Margaret Irene Gaenor, que nació en 1919, y Rosemary, que nació en 1922.

De niña utilicé mi nombre galés Esyllt, no obstante me enojaba si la gente me llamaba Ethel al no pronunciar el nombre correctamente, así que utilicé el de Priscilla y acabó reduciéndose a Pip. Mariana siempre me decía lo mucho que ayudaba a mis hermanas pequeñas: Rosemary era astuta, pícara, yo era la única que podía con ella fácilmente y con cariño. También recuerdo lo mal que me tomé cuando desaparecieron mis rizos dorados, además de mi monótona vida escolar.

Mariana me contó en español, dado que yo lo entendía, escribía y hablaba perfectamente gracias a ella, cómo fue su vida en el convento y cuándo conoció a su madre, aunque falleciera al poco tiempo… tal circunstancia me afectó y pasé todo el día llorando, pero por suerte Mariana estuvo todo el día a mi lado consolándome.

Era el año 1923. Recuerdo que estaba jugando con mis hermanas pequeñas y Mariana cuando la doncella Lolita nos interrumpió:

—Mariana, fuera hay un hombre que pregunta por ti, ¡me ha hablado en español!

—No sé quién puede ser, Lolita…

—¿No tendrás un novio español?

—¿Estás loca?

Mariana no me soltaba la mano, así que me vi obligada a seguirla, y vi a un hombre muy guapo, no era como mi padre, era más joven, sonrió al verla.

—Hola, soy Mariana, ¿quería algo de mí, señor? —dijo ella asombrada sin conocerle de nada.

—Perdone que la moleste, verá, me ha costado mucho encontrarla, así que voy al grano, yo conocí a su madre Clara —observé como le cambiaba el semblante a Mariana, se le descomponía la cara, apenas la reconocía, al momento se puso muy triste—. He venido a conocerte…

—Perdone, señor, pero no sé a qué viene todo esto de que conoce a mi madre y que viene de España para verme…

—Me llamo Ramiro, soy tu padre…

No entendía nada, todavía era muy pequeña para saber lo que ese hombre le estaba diciendo a Mariana, pero de repente me soltó la mano y se quedó mirándole un largo rato sin decirle nada. El señor, que decía llamarse Ramiro, tampoco decía nada, eso sí, pude observar que, en ambos, sus lágrimas permanecían en sus respectivos ojos sin llegar a deslizarse por sus mejillas, hasta que llegó el momento en que Mariana reaccionó y, cerrando fuertemente la puerta se marchó, nunca la había visto tan enfadada.

—Pip, ese hombre que ha venido diciendo que es mi padre, no existe, no es real, ¿de acuerdo?

Yo me quedé observándola, le di un abrazo y ya nunca más supimos de aquel individuo que había aparecido de la nada.

**Capítulo 9**

**Una infancia diferente**

Mariana jamás volvió a hablar conmigo de lo sucedido aquella noche, yo le guardé su secreto para siempre.

Durante los veranos de mi infancia descansaba en la isla de Brownsea, junto a mis primas segundas Claudia y María Cristina, unas españolas medio inglesas a las que tanto quería. Sus padres, o sea mis tíos, se llamaban Ignacio y Ana, también teníamos otro amigo español llamado Salvador además de los príncipes hermanos de Orleans, aunque estos eran insoportables y no les permitíamos que estuvieran con nosotras. Allí nuestros padres nos construyeron una cabaña en el lago, nos las apañábamos solas cocinando, lavando los platos y cuidándonos de nosotras mismas, gozábamos de una total independencia para caminar por los campos, los bosques y los arroyos. Mis padres se separaban de nosotros asiduamente durante el largo invierno a excepción de los veranos, a veces costaba reconocerlos, eran incapaces de mostrar afecto hacia nosotras, sobre todo mi madre.

En 1925 mi hermana Gaenor y yo, cuando cumplimos nueve y seis años respectivamente, empezamos a vivir en Chirk Castle, en el norte de Gales, con Mariana. Allí tuvimos durante mucho tiempo una vida altamente imaginativa, jugábamos a princesas, hadas y dragones, ayudados por el viejo castillo lleno de armaduras y fantasmas, y nuestras cabalgadas por la campiña con nuestros ponis, sujetas solo a las imposiciones de los gigantes en forma de moza, nuestra Mariana. Yo siempre participaba en esos juegos, aunque dándoles un toque mundano al describir con interminable detalle lo que vestía, su caballo y otras circunstancias.

Recuerdo que también tuve un espantoso accidente mientras cabalgaba: fui arrastrada un largo trecho por Roten Row con un pie encasquillado en un estribo. Me puse nerviosa durante bastante tiempo. Tenía además la desventaja de una mala circulación, con lo cual se me ponía a veces la piel azulada y fría. No obstante, después al crecer me convertí en una brava amazona demostrando mi coraje en toda clase de situaciones difíciles y peligrosas.

En 1926, al cumplir diez años, mi padre, que iba una vez al año a Kenia, donde tenía varias granjas, me llevó con él. Se suponía que era lo bastante mayor como para que no me capturara un leopardo e imaginé que lo suficientemente prudente, aunque sentía el horror de la caminata en la oscuridad hacia el retrete por la noche. Más tarde mi padre me llevó a navegar durante unas vacaciones a América, con John, y a las Indias occidentales con mi hermana Gaenor.

Una vez cumplidos los quince años, me fui con mi hermana Gaenor a un internado en Benenden. Allí permanecí un año, me lo pasé en grande. Luego ingresé en una escuela para señoritas en París, llena de chicas inglesas y americanas, y aunque había sido criada por una moza y una doncella española hablaba perfectamente una mezcla de *francespañol*. A mi regreso parecía saber menos francés que antes. Entonces me enviaron a Múnich con la familia Harrach, cuya hija Nucci posteriormente se casó con mi hermano. Allí aprendí algo de alemán y al final ya hablaba bastantes idiomas, aparte del inglés, francés y español, adquirí igualmente fluidez en polaco, además de arreglármelas bastante bien en portugués, italiano y ruso.

En 1932, durante unas vacaciones en Beneden aprendí a pilotar un Gipsy Moth que compró mi madre. Ante la evidente ansia de conocer mundo, cosa que caracterizaría mi vida más adelante, mi madre no me dejó sacar el título de piloto. Me quedé en Beneden un año y medio antes de acudir al colegio para señoritas de París en el otoño de 1933, allí me carteé un par de veces con mi prima Claudia, que la pobre ya tenía claro que quería ser enfermera a pesar de la cantidad de dinero que tenían sus padres y que perfectamente le permitía vivir sin trabajar como una señorita de la alta sociedad, era por eso que la valoraba tanto.

Cuando regresé a mi casa, Mariana me esperaba con los brazos abiertos y me susurró al oído algo inesperado:

—Pip, ¡me voy a casar con el hombre más guapo del mundo!

Me quedé mirándola, tan guapa, radiante, esos ojos bondadosos al igual que todo en ella, y acercándome al oído también le susurré:

—¡Cuéntamelo todo, ya!

# Capítulo 10

## Amar en Londres

Mariana me contó que durante el verano del año 1932, que por aquel entonces yo estaba en Benedon, conoció a un chico español que trabajaba como camarero en un hotel de Londres. Se fue al cine con Lolita en su día libre a ver una película que se estrenaba en uno de los muchos cines que había en Londres. Se titulaba *Tarzán de los monos* y su protagonista, Johnny Weissmüller, un hombre de una belleza excepcional, era guapísimo. Fue deportista, uno de los mejores nadadores del mundo durante los años veinte y ganó cinco medallas de oro olímpicas y una de bronce.

Cuando Mariana entró en la sala del cine se quedó hipnotizada mirando a un chico que a la vez también la miraba a ella. Fueron unos segundos bastante largos, pero a ella le pareció un chico muy guapo, con un corte de pelo moderno para esa época y con un traje negro, camisa blanca y corbata negra. Mariana no esperaba que ese chico al que había visto por primera vez en la sala de cine se fuese acercando hacia donde estaba ella y se presentara:

—Hola, me llamo Pelayo Ordóñez. Perdón por mi intromisión, me han dicho unos amigos míos que usted es española —hablaba un inglés bastante incorrecto, cosa que llamó la atención de Mariana—, solo quería decirle que yo también soy español, concretamente de Madrid.

—Encantada —dijo ella alegrándose pero sin alterarse, no quería que notara lo nerviosa que estaba—, me llamo Mariana pero, ¿qué amigos le han hablado de mí?

—¡Perdón, señorita!, hemos fundado una pequeña colonia de españoles en Londres y un sirviente que trabaja con usted en la casa del barón nos lo dijo, por eso mi atrevimiento al pedirle si querían unirse usted y su amiga —mirando a Lolita— a nuestro pequeño grupo, hay muchas parejas de bastantes pueblos de España, algunos con hijos, hay también hermanos, solteros.

Mariana no podía resistirse al encanto de Pelayo, le escuchaba ensimismada, le parecía tan guapo, con ojos rasgados de color verde, pelo negro engominado, olía tan bien…

…Y así fue como Tarzán unió a ambos, cada semana seguían viéndose en los cines, eso sí, Mariana siempre acompañada por Lolita. Fue casi al finalizar el verano cuando Pelayo ya iba a esperarla fuera de la casa. Era evidente que se enamoraron casi al instante, en el cine.

Durante los meses de verano supieron todo el uno del otro. Pelayo tenía veinticinco años, uno más que Mariana, y la historia de su infancia fue muy similar a la de ella, tan parecida que aún los hizo unir más. Llegó a Londres a trabajar como camarero a los dieciséis cuando salió de un orfanato de Madrid, su madre lo abandonó en la puerta de ese hospicio y ya más nunca supo de ella. Un amigo suyo que ya trabajaba en un hotel de Londres le escribió diciéndole que fuera a trabajar con él, que era la oportunidad de hacerse rico para en un futuro volver a España. Mariana, por su cuenta, le dijo que ella sí conoció a su madre, pero que en el momento de irse a vivir con ella, sucedió el fatal desenlace.

El primer día de otoño de 1932 en lugar de ir a ver una película cambiaron de planes y se marcharon a dar un paseo junto al río Támesis; allí, con el puente de la Torre de fondo tras ellos, dejaron de andar.

—Mariana, sabes lo que siento por ti… me gustas desde mucho antes de presentarme en el cine y me gustaría que nos uniéramos para siempre, ¿quieres casarte conmigo? —Pelayo la miró fijamente a los ojos mientras sacaba de su bolsillo un anillo de oro; las mejillas de Mariana enrojecieron.

—Yo…no sé… ¡qué hay de Pip! —estaba nerviosa, la respuesta era que sí, que ella también lo amaba con locura, cada centímetro de su cuerpo, de su piel, de su pelo—. Sí, acepto.

Pelayo y Mariana se abrazaron fuertemente a la vez que se besaban y las pasarelas del puente de la Torre se elevaban de par en par, para dejar pasar a uno de los tantos barcos que se dirigían a atracar en el puerto.


—Estoy tan contenta por ti, ¿cuándo me lo vas a presentar? —le pregunté entusiasmada.

—Si quieres hoy mismo.

—Por supuesto que sí. ¿Y cuándo os casáis?

—¡En dos semanas!

—¡Madre mía! ¿Y dónde viviréis?

—Tus padres nos han comprado un piso céntrico, es pequeño pero nos basta para nosotros y si tenemos... ¡ya sabes! ¡Les estoy tan agradecida!

—La verdad es que durante toda mi vida he estado más a tu lado que en el de mis padres. Para mí no eres mi moza, como te llaman tantas veces, para mí eres como mi segunda madre, como una hermana mayor.

Las dos nos abrazamos y rompimos a llorar.

Cuando Pelayo llegó a la casa le hice pasar y Mariana me lo presentó, la verdad es tenía toda la razón, era un hombre bastante guapo y parecía muy agradable, estuvimos charlando bastante rato.

El 12 de noviembre de 1933, Mariana y Pelayo se unieron en matrimonio en la pequeña iglesia de St. Paul Church. Había pocos invitados, los amigos de ellos, mis padres, mis hermanos y yo. No pude parar de llorar en toda la ceremonia, sobre todo al ver a Mariana tan bella y radiante, con su vestido blanco y liso del que se extendía una gran cola larga, un vestido de novia que toda mujer, incluso yo, desearía ponerse.

La verdad es que envidiaba mucho a Mariana, esperaba poder algún día casarme con la persona que más me gustaba, aunque lo iba a tener difícil. Para Mariana, mi moza, no iba a ser todo de color de rosa. Desde el día de su boda con Pelayo fue su último día de felicidad, su vida se iba a convertir en un infierno, iba a conocer al verdadero Pelayo, el amor de su vida, pero eso ya os lo contaré más adelante...

# Capítulo 11

## La familia Orleans

El 15 de julio de 1909, Alfonso de Orleans y Borbón, infante de España, V duque de Galliera y primo del rey Alfonso XIII, contrajo matrimonio con la princesa Beatriz de Sajonia-Coburgo-Gotha, siguiendo los rituales católico y luterano, en el castillo Rosenau, sin haber solicitado licencia de matrimonio como militar español ni permiso real como infante de España.

Alfonso XIII, de acuerdo con el Gobierno, decidió tomar severas disposiciones, por lo que a las pocas horas de conocer la boda envió a cada miembro de su familia y a la de los Orleans franceses el siguiente telegrama:

> Tengo el sentimiento de participaros que, habiendo el infante don Alfonso contraído matrimonio sin mi consentimiento con la princesa Beatriz de Coburgo, por decreto de esta fecha lo he exonerado de la dignidad de infante de España, y de todos los honores y prerrogativas anejos a ella.

Al ya ex infante, el monarca español le dirigió una carta en la que le comunicaba:

> Acabo de firmar duelo revocatorio de dignidades y honores, causándome pena proporcionada al

gusto con que te fueron otorgadas. También has hecho imposible tu incorporación a las fuerzas que operan en África.

Meses después, tras un sometimiento por escrito y disculpas del rebelde, las relaciones entre el monarca y el ex infante mejoraron y ante el expreso deseo de reintegrarse al Ejército, el rey le indicó que se dirigiera al ministro de la Guerra, el cual consintió su reincorporación enviándole a la plaza de Melilla con el grado de alférez. Alfonso XIII dio a entender que, si el ex infante demostraba con sus actos merecer el perdón, le devolvería el título de infante.

Desde entonces, toda su carrera en las armas estaría jalonada de ascensos por heroicas acciones en campaña.

En 1912 volvió a reintegrarse como infante de España, título compartido por su mujer, Beatriz, que aunque protestante, era princesa de nacimiento, única condición exigida por las normativas dinásticas de la Corona de España.

Años después, en 1924, los infantes regresaron a España, se instalaron lejos de la Corte, en el palacio de Sanlúcar de Barrameda, herencia de los abuelos Montpensier, donde nació Mariana.

Tuvieron tres hijos: Álvaro, nacido en 1910 en Coburgo, Alfonso, en 1912, y Ataúlfo, en 1913, nacidos en España. El 21 de mayo de 1912 el rey concedió a sus hijos el tratamiento de alteza real.

Tras la proclamación de la Segunda República Española en 1931, se trasladaron a Inglaterra, donde sus tres hijos fueron educados en Winchester College. El exilio supuso una gran pérdida para el patrimonio familiar.

El tío Ali y la tía Bee, así les llamaba yo, siempre veraneábamos juntos en la isla Brownsea y allí a mis dieciocho años empecé a fijarme en un chico guapísimo, al menos así me lo parecía a mí, rubio y de estatura media. De pequeño le llamaba Touffles, era el hijo de la familia Orleans, su nombre era Ataúlfo.

# Capítulo 12

**Touffles**

En 1934 estuve junto a mi madre y mis hermanas Gaenor y Elizabeth en Salzburgo, donde nos deleitamos con una fantástica representación de *Don Giovanni,* dirigida por Bruno Walter en la que Ezio Pinza interpretaba el Don en italiano. Después nos fuimos a Múnich para asistir a la boda de mi hermano John con la señorita Nucci Harrach, pues íbamos a ser las damas de honor.

Había una anécdota sobre mi hermano John que siempre recordaremos toda la familia Scott-Ellis. En 1931, se fue a Múnich con la intención de aprender alemán. Durante el primer día de su estancia, cuando conducía su coche, atropelló a un hombre que resultó ser Adolf Hitler, el futuro *Führer,* el cual resultó desafortunadamente ileso. Poco después, John conoció y se enamoró de Irene Nucci Harrach, que provenía de una familia austríaca y antinazi, los Harrachs.

...

La tía Bee y su hijo, el príncipe Ataúlfo, se quedaron en la casa de Seaford cuando fueron a la boda del duque de Kent con la princesa Marina. Fue mi primera puesta de largo, quería impresionar a Ataúlfo. Mi hermana Gaenor y mi prima Charmian Van Raalte recordaban a Ataúlfo como nada agraciado. Tenía la cara redonda y con abultados mofletes, aunque a mí me caía bien, tenía modales correctos y conversaciones divertidas. Tocaba el piano y bailaba con una delicadeza extraordinaria.

—¡Estás bellísima, Pip! ¿Te apetece bailar?

—Sí, muchas gracias, la verdad es que tú también te mantienes bien, todavía recuerdo cuando nos peleábamos de pequeños.

Los dos empezamos a reír como dos bobalicones que se acababan de conocer, cuando era todo lo contrario. Los dos estuvimos hablando mucho esa noche. Touffles era tan dulce, me trataba tan bien que podía haber estado días enteros junto a él sin que se me pasara el tiempo.

Desde la noche en que estuvimos bailando juntos comenzamos a vernos casi todos los días para ir solos al cine, sin compañía de nadie. Le dije a mis padres que podía estar un año entero sin Mariana, que disfrutara de su reciente matrimonio, pues lo tenía más que merecido, a lo cual no opusieron ningún problema. Mariana me lo agradeció tanto que de vez en cuando venía a visitarme, nos añorábamos mucho.

—¿Cómo te va tu vida de casada, Mariana?

—El pobre Pelayo llega a casa muy cansado, hay mucho trabajo en el hotel por lo que apenas lo veo en todo el día, sale de casa a las siete de la mañana y hasta pasadas las nueve de la noche no vuelve. Está tan destrozado que a veces se enfada porque no le gusta la cena que le he preparado, y se va a dormir sin probar bocado… Me hace sentir tan mal que con el afán de recompensarlo me dirijo a nuestro cuarto y hacemos el amor, no me puedo quejar, me trata como a una reina.

—No consientas que te grite, si lo hace avísame, esos hombres acaban por volverse tan locos con su pareja… —Mariana me cortó mientras le hablaba.

—¡No!, no lo voy a consentir. Pero háblame de ti, ¿qué es de tu vida?

—¿Recuerdas a Touffles?

—Sí, el príncipe Ataúlfo.

—¡Me he enamorado de él!, estamos saliendo juntos —emocionada, Mariana me abrazó tan fuerte que casi me rompe unas costillas.

—¡Pero eso es maravilloso!

—Bueno, la verdad es que él no me ha pedido nada, ni compromiso, ¡ojalá! —le dije suspirando—, pero sé que siente algo por mí, sino ¿para qué vamos a estar tantas horas juntos durante todo el tiempo que está en Londres?

—No sabes lo contenta que estoy.

Y el tiempo fue pasando mientras yo esperaba que Touffles me pidiera matrimonio, pero no fue así. Todavía no me había besado como se besaban los enamorados, yo estaba tan loca por él que ya me daba igual que pasaran los días y los meses, solo esperaba que algún día nos comprometiéramos, aunque la verdad es que yo no lo veía por la labor y menos aún a mi tía Bee.

En agosto de 1935 recibí una de las noticias más tristes de mi vida, cuando llegué a mi casa tras una breve estancia en París, nada más entrar encontré a mi madre muy triste.

—Pip, tengo que darte una mala noticia —me asusté tanto que empecé a temblar, y los poros de mi piel se abrieron tanto que se me erizó el poco vello fino que tenía en los brazos.

—¿Le ocurre algo a papá, a mis hermanos?

—No —mi madre se contenía, no podía seguir hablando, se comía las palabras—, tu prima María Cristina ha sufrido una enfermedad terrible.

—¡Así es!, Claudia me escribió una carta, pero me dijo que todo iría bien.

—No te he avisado antes porque no quería arruinar tus vacaciones en París.

—¡Por favor, mamá! ¡Dime qué pasa de una vez!

—María Cristina falleció el pasado mes de julio a causa de una terrible enfermedad llamada leucemia.

Me puse a temblar de nuevo y no pude contener las lágrimas, tan solo pensaba en mi prima Claudia y cómo se encontraría en esos momentos ante la pérdida de su hermana… las recuerdo tanto y lo bien que lo pasábamos de pequeñas en la isla Brownsea.

Pero eso no era todo, mi madre me tenía guardada otra sorpresa más…

—Hay otra cosa que tengo que contarte —dijo mi madre mientras las dos llorábamos.

—Peor que la muerte de mi prima no creo.

—Tu tía Ana está embarazada.

Cuando me dijo eso, una bocanada de aire fresco envolvió mi cuerpo y, a pesar de la tristeza por la noticia de la muerte de María Cristina, pudo más en mi corazón la alegría por la nueva llegada a este mundo de una hermanita o hermanito para Claudia.

Mariana se presentó en mi casa dos días después de haber llegado de París, estaba bastante nerviosa y su aspecto no era muy bueno, tenía muchas ojeras y empezó a hablarme temblorosa.

—Pip, he recibido una carta del convento de las monjas dominicas, la hermana Lourdes me pide que vaya urgentemente a Sanlúcar de Barrameda.

## Capítulo 13

**Encuentros**

Mariana recibió la carta la misma mañana que vino a visitarme y por supuesto yo tenía que ayudarla.

—Mañana saldremos hacia España, yo misma te acompañaré. Ya de paso iré a Madrid a visitar a mis tíos españoles y a mi prima Claudia.

—Muchas gracias, Pip, te lo agradezco.

En esta ocasión Pelayo no nos acompañó, tenía que trabajar, así que cogimos un barco hacia Francia y luego un tren que nos llevó directamente a París y desde allí hasta Madrid, luego con un taxi fui a visitar a mis tíos y a mi prima Claudia. Estaban tristes pero a la vez contentos por el nuevo bebé que iban a tener y mi prima ya había terminado sus estudios de dama enfermera, aunque por entonces estaba realizando otro curso para ser jefa enfermera, estaba muy guapa. Me contó que estaba enamorada de un catalán y que salían juntos, aunque no me lo pudo presentar, ya que teníamos que coger el tren que salía hacia Sanlúcar de Barrameda ese mismo día.

Como llegamos muy tarde, esa noche nos alojamos en el palacio de Montpensier y nada más levantarnos nos fuimos al convento, llamamos a la puerta y nos abrió una monja, la hermana Lourdes.

—¡Mariana! ¡Pero qué guapa y altísima estás! —dijo besándola en la mejilla varias veces seguidas, entonces pensé en la de veces que me dijeron lo besucones que eran los españoles.

—¡Usted está igual, hermana!

—¡Madre!, ¡llámame madre!

—Esta señorita tan guapa que me acompaña es Pip, de la que tanto le he hablado en las cartas.

—Encantada de conocerla —también me cogió desprevenida e igualmente me besuqueó la cara.

—Mariana, hay algo que debes saber y que no te expliqué por carta.

—Por eso hemos venido, madre.

—Tenemos que ir al Hospital de Cádiz a visitar a una persona que quizás conozcas, si es que todavía está con vida —Mariana y yo nos miramos sin entender nada de lo que nos decía ni a qué persona teníamos que ver.

Hicimos el trayecto en taxi, llegamos al hospital y entramos en una planta donde todos los pacientes tenían los brazos o las piernas escayoladas.

—Aquí es, habitación 227, yo me quedo esperándoos fuera —dijo la madre Lourdes.

Mariana y yo abrimos la puerta y entramos en la habitación, hacía mucho calor. Sobre la cama estaba postrado un hombre con las cuatro extremidades escayoladas y la cabeza vendada, un ojo hinchado y rasguños por toda la cara.

—¿Tú conoces a ese hombre, Mariana?

—No, pero lo que sí tengo es la sensación de perder el tiempo viniendo aquí.

En ese momento el hombre, que estaba bastante mal de aspecto, empezó a balbucear unas palabras nombrando a Mariana, nos quedamos las dos inmovilizadas.

—*Mar...i...ana* —dijo el desconocido con la voz resquebrajada, las dos nos acercamos un poco más al hombre.

—Soy Ramiro, tu padre.

En ese momento me quedé desconcertada, recordé al instante cuando era pequeña y apareció ante nosotras reclamando a Mariana.

—No soy su hija, ni nunca lo seré —dijo fríamente Mariana.

—Escucha lo que te va a decir, no seas cabezota, Mariana.

Ramiro entonces siguió hablando lo mejor que pudo…

—Hace más de dos semanas tuvimos un accidente mi mujer y yo de camino a Chipiona… desgraciadamente ella murió, pobrecita, mi Triana —Mariana y Pip observaban como de sus ojos le caían las lágrimas—, y los médicos no me dan esperanzas de que me pueda curar, por eso me puse en contacto con la madre Lourdes para que viniera a visitarme.

—¿Pero qué es lo que quieres? —preguntó Mariana rápidamente como si tuviera prisa por marcharse.

—Mariana, tienes una hermana pequeña que está en el convento, se llama Luz María —había que ver la cara de mi moza, las dos nos quedamos mudas y con la cara helada—, gracias a Dios ella no se hizo nada en el accidente, pero te pido por tu madre, que en paz descanse, que la acojas, pues no tiene abuelos y no quisiera que se criara en el convento teniéndote a ti.

Sabía que Mariana no era una persona fría, sino más bien sensible. Sus ojos empezaron a enrojecerse y me miró, yo entendí enseguida su mutismo, entonces se giró a Ramiro y le contestó…

—Me lo pensaré —y sin decir nada más se giró, me cogió de la mano y me arrastró hasta salir de la habitación.

—Madre Lourdes, quiero ver a mi hermana.

Hicimos todo el trayecto de Cádiz a Sanlúcar de Barrameda sin hablar, sabía que de vuelta a Londres no iríamos las dos solas, sino que también la acompañaría su hermana Luz María, estaba segurísima.

—Mariana, hay algo especial en tu hermana que tu *pad…* —la madre Lourdes rectificó rápidamente— …que Ramiro no te habrá dicho.

Otra incógnita más que añadir, me dije yo misma.

—¿Cuántos años tiene? —le preguntó Mariana.

—Cuatro añitos acabados de cumplir.

Entramos en una sala grande donde había varios niños y la madre superiora llamó entonces a la hermana de Mariana.

—Luz María, ven, cariño.

Notaba como Mariana me apretaba muy fuerte la mano, tenía ganas de conocer a su hermanita y vimos que una niña de ojos rasgados y media melenita castaña se aproximaba a la madre superiora. Desde que la vimos supimos que su físico no era como el de cualquier niña.

—Tiene idiocia mongoloide, o niños inconclusos —nos dijo la madre Lourdes, nosotras no sabíamos ni lo más mínimo sobre esa enfermedad rara; muchos años después la enfermedad pasaría a ser denominada síndrome de Down—. Es una enfermedad que puede generar discapacidad cognitiva, aunque en el caso de Luz María poco tiene que ver, le cuesta aprender más que a los otros niños o niñas de su edad, pero tiene mucho interés y participa como todos los demás.

Vi como Mariana se agachó y llamó a su hermana por su nombre; ésta se abalanzó sobre ella e hizo caer a Mariana de espaldas, lo que causó una carcajada limpia a la pequeña Luz María.

—¡Eres preciosa, Luz María! —le dije yo.

Después de estar un rato jugando juntas, Mariana aún no se había decidido. Pensó que al día siguiente le daría una respuesta a la madre superiora sobre si se llevaría a Luz María a Londres.

—Pip, ¿y si Pelayo no acepta que viva con nosotros?

—¡Es tu hermana!, seguro que la aceptará, si te quiere, lo hará.

Al día siguiente cuando nos despertamos recibimos la noticia del fatal desenlace de Ramiro, había muerto esa noche, así que mi moza Mariana no lo dudó.

—Mi hermana Luz María vendrá con nosotras —entonces me acerqué a ella y la abracé.

Nos quedamos unos días más visitando a la pequeña, hasta la lectura del testamento de Ramiro donde quedaba claro que la patria potestad de Luz María iría a parar en custodia de su única hermana mayor existente, Mariana.

Nos despedimos de la madre superiora y nos fuimos de nuevo rumbo a Londres.

Acompañé a Mariana a su piso junto con Luz María, allí estaba Pelayo. Le expliqué todo lo que había sucedido en España y el parentesco que tenía la pequeña con su mujer. Al principio no parecía gustarle la idea de vivir con una niña desconocida, pero como la iba a cuidar su mujer para él no suponía ningún problema, aunque sí lo sería para Mariana, pues Pelayo iba a aprovechar la situación y dar un paso más a la tensa situación y a las broncas que Mariana recibía constantemente de él, condiciones que ella me ocultó hasta bien entrada la Guerra Civil Española.

# Capítulo 14

## El despertar de la inocencia

El 18 de julio de 1936 un grupo de oficiales españoles se alzó contra el Gobierno republicano, gobierno legal de España, formado después de la victoria del Frente Popular en las elecciones de febrero. En Europa fue visto menos como un asunto español que como parte de la pugna entre un fascismo triunfante y una democracia amenazada. La izquierda, en general, simpatizó con la República, mientras que la derecha lo hizo con los nacionales, cuyo indiscutible líder era el general Franco.

Yo no tenía convicciones políticas o religiosas fuertes. Guardaba las apariencias asistiendo a misa con mis amigos, los cuales compartían la creencia de que la guerra era una cruzada contra los ateos, masones y comunistas de la República. Yo creía en la propaganda franquista. Fue entonces cuando me enteré de que mi gran amor Touffles se marcharía a la guerra.

Mi tío Ali de Orleans Borbón y sus hijos, entre ellos Touffles, intentaron unirse a la aviación nacional. El día de la rebelión militar, mi tío Ali estaba en Bucarest de viaje de negocios para la Ford. Al enterarse de la noticia se dirigió rápidamente a Burgos, donde llegó el 2 de agosto de 1936. Ofreció sus servicios y los de sus tres hijos como pilotos, pero sufrió una amarga decepción cuando le dijeron que el general Mola quería evitar que el alzamiento tuviera un carácter monárquico. Se le ordenó que abandonara España. Entonces escribió dos cartas, una para su amigo el general Alfredo Kindelán, a quien habían nombrado jefe de la aviación sublevada, y otra para el mismísimo Franco, en las que señalaba que sus dos hijos mayores, Álvaro y Alfonso de Orleans y Coburgo, habían obtenido el título de piloto en Inglaterra en el Cuerpo de Instrucción de Oficiales. Así pues, a principio de noviembre, pudieron unirse a las fuerzas sublevadas. Sin embargo, Franco consideró que mi tío Ali era más útil en la causa nacional en Londres, desde donde pudo facilitar la entrega de camiones Ford. Además, mi tía Bee se encargaba de hacer propaganda a favor de Franco entre la clase dirigente del Reino Unido. También recaudaba sumas de dinero importantes para comida y provisiones hospitalarias para las fuerzas sublevadas.

En noviembre de 1936 embarqué con mi padre hacia Nueva York donde nos quedamos con unos amigos, la señora Wagner y su hija Peggy. Allí esperaba ansiosa cartas de mi amado Touffles y pensaba continuamente en él.

Estando mi padre y yo en un baile benéfico, recibimos una terrible noticia: el 18 de noviembre el hermano de Touffles, Alfonso de Orleans y Coburgo, volando de observador con su biplano Romeo se estrelló mientras volaba de Sevilla a Talavera de la Reina. El avión chocó contra una montaña en Ventas de Culebrín, cerca de Monasterio, al sur de la provincia de Badajoz.

Me quedé sobrecogida y aún más cuando me dijeron que mi Ataúlfo se alistó inmediatamente después de la muerte de su hermano como voluntario.

Soñé que Touffles estaba gravemente enfermo, cubierto de vendajes y pálido como la muerte y empecé a escribir en un diario que había comprado en un bazar de Nueva York:

> ¡Ay! Ojalá no estuviera en España la guerra. ¡Dios, qué viles son las guerras! Cada vez que pienso en Alfonso me deprimo y reflexiono sobre la cruel inutilidad de todo. Qué confusa es la naturaleza humana...dudo que si Touffles regresara bien de España quiera casarse con una tonta sin atractivo como yo, así que más vale que deje de desearlo.

Puse una foto de Touffles en mi mesita de noche y la adoraba cada vez que la miraba:

> Soy una tonta al seguir engañándome pensando que un día tal vez me quiera porque sé que eso no va a ocurrir, pero no puedo evitar estar loca por él, así que es mejor que lo disfrute mientras pueda.

...

En Nueva York iba con frecuencia al cine, teatro y clubes nocturnos, mantenía el interés por la música y también me gustaba que me leyeran la buenaventura en los salones de té gitanos.

«La vida aquí es tan vana e inútil que suspiro por trabajar y por tener algo que me mantenga ocupada. No hago absolutamente nada», pensaba.

Así que conseguí convencer a los Wagner de que tenía que marcharme por si acaso Touffles regresaba de España.

Entretanto que esperaba mi pasaje de vuelta a casa, conocí a un atractivo joven cubano llamado Álvaro García, con quien comencé a coquetear.

Mi pasión por Touffles se desvaneció tras haber conocido en casa de los Wagner al joven y guapo cubano, y añadí en mi diario:

> Estoy tan sorprendida por mi comportamiento esta noche y tan apabullada por todo que ni siquiera sé si en verdad me divierto. He salido con Álvaro a un club cubano donde bailamos mambo hasta las cuatro de la madrugada. Baila divinamente y me lo pasé en grande. Estuvo cortejándome descaradamente todo el tiempo, luego nos estuvimos besando en el taxi durante todo el trayecto hasta casa. Luego me acompañó al piso, me acarició de forma tan apasionada e incluso me bajó el vestido besándome el pecho, cosa que me atemorizó e incluso aterrorizó, aunque fui incapaz de pararle. Me había hecho de todo y yo le dejé. Noto que estoy adquiriendo experiencia, aunque la verdad, no sé si me gusta.

Reflexioné sobre el incidente y de nuevo volví a escribir en el diario:

El problema de mi coqueteo es que no ha hecho más que despertarme el deseo de que Touffles me haga el amor aún más de lo que deseaba antes. ¡Oh, maldición!

Día a día volvía a escribir una y otra vez sobre el pobre y ausente Ataúlfo:

Creo que el problema de todos nosotros es nuestra edad y represión sexual. Me gustaría tener una aventura loca con alguien pero, por supuesto, nunca la tendré. No obstante, en la noche anterior, después de un cóctel y de bailar hasta altas horas, Álvaro me llevó a casa; allí, estuvimos acariciándonos en el sofá de forma demasiado divina para expresarlo con palabras. Fue maravilloso, una vez más me comporté de forma vulgar y escandalosa, incluso le dejé hacer cosas aún peores que antes. Aunque me negué a tener relaciones sexuales con Álvaro sin duda alguna sé que le gusto, incluso creyó que poseía mucha más experiencia de la que realmente tengo.

Por fin conseguí el ansiado pase para irme de Nueva York, fue en barco a vapor a París:

Odio estar sola, me siento atemorizada y deprimida. Todo el mundo a bordo es dulce conmigo y parece que les agrado mucho. Es tan maravilloso saber que le gustas a la gente. ¡Ojalá haya cambiado lo suficiente como para que también le guste a Touffles!

El viaje fue una sucesión de cócteles y bailes. La última noche a bordo tuve un encuentro dramático con un diplomático francés:

Solo Dios sabe por qué, pero esta noche se me fue la cabeza y dejé que me violaran un poco. No sé por qué le dejé al señor Brugere hacer algo así, debo de haber enloquecido.

Después de que el hombre me acosara en cubierta, me fui a su camarote:

Ahora mismo no sé si sigo siendo virgen o no. Creo que no. Fue maravilloso, aunque aterrador. Salí del camarote muy avergonzada y aun así emocionada a la vez que feliz.

El acontecimiento pareció desatar una pasión reprimida por mi parte hasta el momento:

Parece que me he obsesionado tanto por el sexo que simplemente no puedo frenarme. No sé si es el sexo reprimido saliendo a borbotones o mis pastillas para el tiroides, no lo sé, solo sé que lo que siento es increíble para una mojigata como yo.

Al regresar a Chirk, volví a montar a caballo con ímpetu. Empecé a soñar de nuevo con Touffles. La vida en Londres era un recorrido social interminable y caleidoscópico. Tomé clases de canto y piano, practicaba esgrima casi todos los días, iba con frecuencia al teatro y al cine, visitaba la peluquería y los espectáculos de moda y consultaba a más adivinos.

A principios de marzo de 1937 el príncipe Ali apareció por Londres. Cuando vi a mi tía Bee la encontré desolada por la muerte de su hijo Alfonso.

Recibí noticias de mi amado Touffles que, como correspondía al hijo de una princesa alemana, se había unido a la Legión Cóndor y estaba volando como observador en bombardeos alemanes.

Mi vida social por entonces era más parecida a un torbellino que a un tiovivo. Cuando no estaba en el campo, estaba en las carreras. Solía levantarme tarde y después del desayuno practicaba esgrima. Después almorzaba en el Ritz o en el Savoy con mis amistades. Después de almorzar iba de compras y más tarde visitaba a Mariana y a su recién estrenada hermana Luz María, todavía me ocultaba los malos ratos que le hacía pasar Pelayo, el muy cabrón, pero eso ya lo contaré más adelante.

Por fin recibí una carta de Touffles en la que me pedía una fotografía mía. Salté y bailé por el pasillo, cantando lo más alto que podía, entonces pensé en marcharme a España.

# Capítulo 15

## En busca de Touffles

La imparable rutina de diversión empezó a cambiar de nuevo mi vida gracias a una conversación fortuita con mi madre, la manera en que me dejaba decidir por mí misma era tan agradable, sin consejos, sin órdenes, simplemente era de lo más dulce.

El 28 de marzo de 1937 me senté después de cenar delante de ella y de una amiga de mi madre llamada Mónica y nos pusimos a hablar…

—Gabriel Herbert está en España trabajando como enfermera y pasa medicinas de contrabando —dijo mi madre.

—¡Dios, ojalá estuviera yo allí!

—¿Y por qué no vas? —me preguntó Mónica.

—Hace mucho tiempo que hubiera ido si hubiese tenido el beneplácito de mi madre.

—Si organizas bien tus planes y tienes la intención de hacer un trabajo importante en España te dejo ir —me asombré y dejé que mi madre siguiera hablando—, pero he de informarme: primero debo hablar con la señora Herbert y la princesa Bea para ver qué puedo hacer por ayudar.

—¡Por fin ha llegado mi oportunidad, espero! Es un fastidio parecer tan joven y tonta, va a ser difícil que piensen que realmente creo en esto y soy capaz de hacerlo, déjame asistir a unas clases de primeros auxilios.

Gabriel Herbert era una joven competente y enérgica. En septiembre de 1936 llegó a Burgos para posteriormente regresar a Londres con una lista de provisiones médicas que había pedido la junta. Después regresó a España con una ambulancia. Con otro vehículo enviado en noviembre se convirtió en el Equipo Anglo-Español Móvil de Servicio al Frente. Gabriel Herbert actuó personalmente como intermediaria entre el equipo médico de España y el Comité de Londres del Fondo de Obispos Católicos para paliar la Penuria Española.

Mientras intentaba de manera poco metódica averiguar más detalles sobre el viaje a España, empecé a verme con John Geddes, un joven elegante y hombre de mundo. Bailábamos juntos, nos emborrachábamos y hablábamos de nuestros respectivos corazones rotos, yo sobre Touffles y él sobre una chica que le había dejado, llamada Ann Hamilton Grace. Sacábamos a nuestros perros a pasear y a las dos semanas de conocerle volví a escribir en mi diario lo siguiente:

Le adoro, espero verle pronto de nuevo.

A principios de abril nos hicimos amantes y experimenté por vez primera una sensación físicamente dolorosa, «pero era divertido». No me remordió la conciencia ni me arrepentí. No me gustaba ni más ni menos, aunque después tuve una segunda experiencia con él:

Es un encanto, pero también bastante sinvergüenza.

Me pilló de sorpresa cuando me pidió que me casara con él. Decidí rechazar la proposición después de que mi prima, Charmain Van Raalte, me dijera que había recibido una carta de Touffles.

—Prima, está lívido porque hace muchísimo tiempo que no le escribes.

—Iré a verle y le diré:«venga, conmigo para siempre».

—¡No hagas locuras, prima!

...

Era muy difícil entrar en España, hacía tiempo que no recibía respuestas de las cartas que le enviaba a mi prima Claudia, así que decidí ir a Guernica, el pueblo de mi tía Ana a ver si allí la podría encontrar y que me ayudara.

Llegué hasta París, después fui conducida hasta Biarritz, donde fui recibida por *sir* Henry Chilton, el embajador británico en la España Republicana. Éste estaba de vacaciones en San Sebastián cuando estalló la Guerra Civil y se negó a volver a Madrid. Con la ayuda del embajador británico conseguí cruzar la frontera hacia San Sebastián.

Al llegar al pueblo le dije al chofer que me acercara a la casa de mi prima Claudia. Bajé del coche y aproximándome a la puerta llamé…

—¿Pip? —me preguntó mi prima con cara de asombro.

—¡Hola, Claudia!


## 7 de marzo de 1983

Gerard interrumpió a Pip, la cual se sentía bastante bien después de haber estado casi dos horas contando su vida pasada.

—Estás siendo maravillosa contándonos tu pasado, pero por la memoria de Claudia me gustaría que no tocaras ese capítulo de Guernica, ya que fue muy doloroso para todos nosotros.

—¡Mamá! Tienes que descansar un poco, ahora tienes que comer y después de una siesta nos sigues contando, ¿vale? Me duele mucho la muñeca de tanto escribir.

—No era mi intención revolver ese capítulo de Guernica y el bombardeo que yo también tuve la desgracia de vivir —Pip cogió la mano de Gerard y se la acercó a su cara.

Después de una breve siesta de treinta minutos Pip continuó contando su historia…


## 1 de mayo de 1937

Regresé a Londres muy triste después de lo sucedido en Guernica el 26 de abril de 1937. Mi madre no me reprendió por marcharme tan de repente a España.

Esa misma noche de primero de mayo hubo una puesta de largo de mi hermana Gaenor en la casa de Seaford, a la que asistieron seiscientos cincuenta invitados, entre los que se encontraban los duques de Kent. Se me encomendó hacerme cargo de la cena del entonces rey Faruk de Egipto, de diecisiete años, a quien consideré un cielo y con el que me llevé fenomenal. Bastante solo en Londres opté por llevarle al zoo de Regents Park, a la Torre de Londres, a la catedral de San Pablo y a un número considerable de teatros.

El gran acontecimiento fue la coronación de Jorge VI el 12 de mayo. Me puse deslumbrante. Asistí al primer baile de la Corte del nuevo reinado, que me pareció «el paraíso». Al llegar a casa me puse la diadema y los pendientes de mamá, parecía una reina. ¡Cómo me gustaría tener una!

Había empezado a escribir de nuevo a Touffles y como había oído que quizás vendría a Londres de permiso, comencé a llevar una dieta.

La armada alemana había lanzado un bombardeo de artillería a gran escala sobre Almería. Al salir de un noticiario con unos amigos, me encontré con una manifestación comunista que proclamaba: «¡Paremos la guerra de Hitler a los niños!».

No obstante, me desanimé cuando, al acompañar a mi madre a almorzar con los Herbert, me encontré con Gabriel, lo cual fue muy interesante, aunque me convenció de que sería inútil que fuera a España como enfermera o cualquier otra cosa. «¡Maldición!», pensé.

Justo cuando estaba a punto de abandonar la idea de ir a España, Touffles vino a Londres de forma completamente inesperada.

Me telefoneó y almorzamos juntos en San Marco, pasamos la tarde comprando discos y hablando. No cambió nada y le quería tanto como siempre le había querido. No podía seguir engañándome. Sabía que estaba tan enamorada de él como lo había estado durante esos tres últimos años:

—¡Ay, Dios!, esto es el infierno. Todo es tan absurdo, simplemente estoy fuera de control.

El 29 de junio volvió en avión a España desde Croydon. Después de despedirle, sufrí una depresión desesperante.

## Capítulo 16

## Viajar a un país en guerra

A pesar de mi angustia al verle volver a la guerra, su visita había reavivado mi interés por España.

El 6 de julio de 1937 me sentía muy feliz pues aprobé los exámenes de primeros auxilios con buenas notas, pero volver a España de nuevo como lo hice la última vez no sería tan fácil, regresar a ese país en guerra era más difícil de lo que yo creía, ya que por entonces por poco nos matan en Guernica cuando fue bombardeada.

El 22 de julio, sin muchas esperanzas de recibir una respuesta que me ayudara, escribí una larga carta a Touffles para preguntarle qué debía hacer para ir a España, aunque para mi sorpresa todo se aceleró cuando su padre, o sea mi tío Ali, volvió brevemente a Londres. Esa noche cenamos juntos con mi tía Bee.

—Tengo la firme intención de ir a España y te pido ayuda, tía Bee, he aprobado con éxito los primeros auxilios en enfermería y estoy más que preparada —me dio la impresión de que mi tía me tomaba en serio.

—Pip, puedes ser útil, me encargaré de averiguar a dónde podrías ir, además estaría bien que te pudiera acompañar alguien de confianza.

Pensé en Mariana, pero se desvaneció la idea cuando me acordé de que estaba al cuidado de Luz María y su marido no era apto para que se quedara solo con su hermana.

—Tengo varias amigas de confianza, pero tendré que hablar con ellas, aunque dudo que quieran acompañarme.

Me enteré de que mi madre me estaba preparando mi vigésimo primer cumpleaños el 15 de noviembre y se mostró mucho menos indiferente que tres meses atrás. Le preocupaba mi seguridad entre tantos hombres y decidió escribir a mi tía Bee. Ésta le contestó que sus investigaciones habían revelado que el nivel de confusión en la España Nacional era tal que resultaba imposible organizar el viaje para mí desde Londres. No obstante, algunas circunstancias me abrieron el camino.

Mi tío Ali le había suplicado a Franco un puesto activo en la lucha. Mediante la intervención del general Kindelán, jefe de la aviación nacional y el general monárquico más destacado entre los generales nacionales, su deseo le fue concedido. En consecuencia, mi tía Bee iba a volver a España en otoño para estar cerca de la base aérea de mi tío en el sur.

—¿Quieres acompañarme? —me preguntó mi tía Bee mirando a mi madre—. Margot, la cuidaré como si fuera mi propia hija.

—¡Por favor, mamá! —le supliqué a mi madre arrodillándome.

—¡Levántate, Pip!, vale, la acompañarás.

Estaba feliz, era comprensible, ya que no solo iba a España, sino que la proximidad con mi Touffles estaba garantizada. Por la noche escribí de nuevo en mi diario:

> Mi tía Bee es de verdad una santa, va a ser agradable ir con ella.

Por aquel entonces, ingenua de mí, no tenía idea de los horrores que encontraría.

Después del verano, mi tía vino a verme.

—He planeado llevarte a Sanlúcar de Barrameda en coche el 22 de septiembre, vía París, San Sebastián, Salamanca y Sevilla.

Los preparativos se volvieron frenéticos, incluso bajé unos cuantos kilos, recorrí tiendas, fui a la peluquería, me vacuné, papeleos para el pasaporte y el visado para España. Acudí también al Ministerio de Asuntos Exteriores, donde fui entrevistada por William Montagu, uno de los cuatro hombres con mayor responsabilidad en la política británica sobre relaciones con España. Ser recibida por un funcionario de tal envergadura era significado de mi importancia social. El 18 de septiembre me dirigí con mi tía Bee a Portsmouth para conocer a la ex reina de España, Victoria Eugenia. A medida que se acercaba el día de mi partida, comencé a preocuparme:

> Tengo miedo de ir a España, ahora que ha llegado el momento me siento asustada y bastante deprimida. ¡Ojalá supiera exactamente a qué voy y dónde…! Todavía no me he hecho a la idea de que dentro de una semana estaré en medio de una guerra. Una vida extraña y emocionante.

Faltaba una hora para el viaje y fui a despedirme de Mariana y su hermana Luz María. Cuando abrió la puerta me quedé mirándola, la mandíbula casi se me descuelga.

—¡Mariana! ¿Qué te ha pasado? —su cara era irreconocible, tenía un ojo hinchado y amoratado, al igual que su pómulo que le sobresalía por encima de la nariz y el labio le deformaba por completo la cara— ¿Está Pelayo?

—No, pasa, por favor, aún faltan tres horas para que venga de trabajar, estaba ansiosa por que vinieras a verme.

—¿Por qué no me has escrito o llamado por teléfono?

—No puedo, Pelayo tira las cartas y me prohíbe salir de la casa.

—¿Cómo? —entonces, temiendo lo peor, pregunté sin más vacilación—. Esos golpes de tu cara, ¿te los ha hecho Pelayo?

Mariana empezó a llorar, y la siguió su hermana mientras asentía con la cabeza.

# Capítulo 17

## La moza de Pip

Me senté junto a Mariana y empezó a contármelo todo.

—Pelayo no era el hombre que deseaba y amaba cuando éramos novios, he callado cuatro años, siempre quería aparentar lo feliz que era junto a él, pero no fue así. ¿Sabes de qué me enteré a los dos días de mi enlace?

—¡Ese malnacido! —estaba muy cabreada al pensar que no la pude ayudar, ya que no noté nada raro en su relación con Pelayo a excepción de algunas cosas que no le daba importancia y que a todo matrimonio le pasaba.

—Fui de compras para hacerle la comida a mi marido cuando se acercó una muchacha de la calle, una puta, vamos…diciéndome que la noche de mi boda se acostó con Pelayo —me quedé perpleja y descompuesta—. Me dijo que fue a verla al pub de copas a las dos de la madrugada, borracho y gritando que quería celebrar su boda follándose a una puta, a esa maldita puta.

—¿Y te lo creíste?

—Al principio no, le di un empujón y la aparté de mi lado, seguramente sabía que trabajaba como moza tuya y lo que pretendía era sacarme dinero.

A la semana de casarnos, Pelayo no me hablaba con dulzura pues me tiraba la cena que le hacía con todo el cariño del mundo y se acostaba directamente. A partir del primer mes de casados fue cuando empezó a gritarme por cada cosa que no le parecía bien. Entonces, como él no podía dormir, alrededor de las tres de la madrugada se levantaba, se vestía y se marchaba. Empecé a seguirlo haciéndose evidente lo que la prostituta me había dicho, ya que entró en ese club de mala reputación. Fue a partir de entonces cuando no confié más en él. A veces era cariñoso y quería hacer el amor conmigo, pero yo siempre le decía que me dolía la cabeza, hasta que una noche me obligó a ser suya.

—¡Te violó, Mariana, eso es violación!

—Así me sentía, sucia, arrastrada, y sobre todo violada…pero era mi marido y tenía que guardar la compostura. Los dos éramos dos extranjeros españoles. No le gustaba que te acompañara, que estuviera contigo, que fuéramos tan cómplices una con la otra, ¡erais mi familia!…No lo entendía, quería que me separara de vosotros; por suerte le hice entender que necesitábamos el dinero.

—¡Maldito hijo de *p…!*

—Pero esto no acaba aquí, Pip, lo peor fue cuando llegamos de España con mi hermana Luz María… a partir de ahí sí fue un infierno mi vida con Pelayo, sobre todo para mi hermana, ya que comenzó a culparla de no hacer nada en la casa cuando estaba contigo.

—¿Le pegaba?

—Le amenacé con matarle si le tocaba un solo pelo, cada vez que viene de trabajar borracho me viola, hace dos días me pegó con todas sus fuerzas tras discutir con su jefe en el hotel y… ¡no puedo soportarlo más!

—¿Por qué no le abandonas, Mariana? —le pregunté seria mirándonos las dos.

—¡Porque estoy embarazada! —me quedé helada—, estoy de veinte semanas.

—Coge un poco de ropa tuya y de tu hermana, os venís conmigo.

—No puedo hacerlo, Pelayo me mataría, más sabiendo que estoy esperando un hijo suyo.

—¿Y quieres que viva una vida de maltrato como la de tu hermana y la tuya?

—No.

—Venga, vamos, voy a ayudarte.

—¡Pero va a ir a tu casa!

—No te va a encontrar, ya hablaré yo con todos para que cuando venga le digan que no te han visto en días, así que démonos prisa antes de que vuelva del trabajo.

Nos bastaron diez minutos para coger algo de ropa y poco más y ponerlo en la maleta. Cuando salimos por la puerta vi como Mariana se paró, pero de un tirón la cogí de la mano y desaparecimos de allí inmediatamente.

Me despedí del servicio y de mi madre, todos ignoraban que me acompañaba Mariana, pues no quería ponerlos en un aprieto cuando Pelayo acudiera a la casa y preguntara por ella.

El 21 de septiembre de 1937, lista con los baúles que contenían las compras acumuladas del último mes, partí de Inglaterra con mi tía Bee en una limusina conducida por el chofer de la princesa Bea, con quien tenía más confianza que con mi madre. Mientras tanto, le contaba el caso de mi moza Mariana y su hermana Luz María.

En Dover fuimos recibidas por el jefe de estación, un señor con chistera, el cual nos llevó a un compartimento privado en la zona de pasajeros. Luego, ya en París tuvimos tiempo para comprar ropa para las dos y visitar la Exposición Universal. Esta era la gran exposición para la cual el Gobierno de la República española encargó a Picasso el *Guernica*, desgraciadamente no pude verlo, pero fue mejor así y no recordar…bueno, dejémoslo.

Después, nos llevaron a Biarritz, ciudad de la que quedé encantada. Fuimos recibidas por *sir* Henry Chilton, el mismo embajador británico que me recibió en la anterior y fugaz visita.

En Santander nos encontramos con Touffles, mucho más delgado y moreno…perdidamente atractivo. Todavía le quería más de lo que le deseaba.

Pilotaba enormes Junkers. El suyo era una belleza con dos motores y con tren de aterrizaje replegable. Visitamos juntos el bello pueblo de Santillana del Mar y la Magdalena, la residencia real de campo situada sobre una colina con vistas a la bahía de Santander.

Me puse muy triste cuando tuvimos que dejar a Touffles para continuar dirección a Burgos, donde pudimos visitar su gran catedral, y luego hacia Valladolid y Salamanca. Estaba encantada con España, el único inconveniente eran las pulgas que me aguardaban en todas las camas de hotel.

El 2 de octubre escribí a mi padre para que me comprara un Ford 10 y me lo mandara a Gibraltar:

Confío en que lo hagas, ya que necesito un coche si estoy aquí sola.

El 4 de octubre salimos desde Salamanca y, tras un viaje espectacular hacia el sur a través de las abruptas y áridas montañas de Extremadura, llegamos a Sanlúcar de Barrameda, al palacio de Montpensier que Franco había devuelto a mi tío Ali.

—Qué bonitos recuerdos ver este palacio, aquí trabajó mi madre y nací yo.

—Lo sé, Mariana, me lo has contado muchas veces.

—¡Lo siento!

—No lo sientas, por cierto, el palacio con esa mezcla alocada disonante de estilos me parece feísimo pero a la vez fascinante —entonces nos echamos las dos a reír, era la primera vez que veía un poco feliz a Mariana, pero de nuevo se puso seria.

—¿Qué será de Pelayo?

—No te lo quería decir, pero ya que lo preguntas te lo diré. Mi madre me llamó por teléfono preguntándome por ti, ya que Pelayo se presentó furioso a la casa buscándote. Yo por supuesto le dije que no lo sabía, entonces me dijo que Pelayo estaba desesperado y que gritaba por toda la casa diciendo que si lo habías abandonado te mataría.

—¡Tengo miedo, Pip! —me abrazó, se hizo pequeña.

—Estás conmigo y cuando volvamos a Londres iremos directamente a Scotland Yard, mi padre tiene allí muy buenos amigos, seguro que lo pondrán en la cárcel…

# Capítulo 18

## Formación

Las dos seguimos cerca de Jerez un curso para capacitarnos como ayudantes enfermeras.

—Desearía poder darme prisa e ir al frente. Estoy cansada de esperar y no hacer nada. Quiero acción —le dije a Mariana.

El 18 de octubre de 1937 dejamos a Luz María con las monjas dominicas mientras ella y yo nos formábamos. En el hospital había cerca de una treintena de chicas. El comandante Huertas nos hizo un discurso y dijo que había una chica inglesa entre nosotras y esperaba que todas la ayudaran a adaptarse al lugar. Vi como todas se volvieron y me miraron fijamente, era la única rubia con la piel mucho más blanca que ellas y deseaba que me tragara la tierra, me iba sonrojando por momentos entretanto que me moría de vergüenza. Luego salimos todas con el doctor, quien asignó a cinco o seis de nosotras a cada pabellón. Mi grupo se quedó con él en la sala de operaciones para mirar los vendajes. Era muy interesante y a la vez bastante desagradable. Había cinco moros para ser tratados. El primero tenía una herida en la pantorrilla que había destrozado el hueso y era tan grande que se podrían haber puesto los dos puños en ella; el segundo tenía una herida bastante profunda en el talón, por lo que se le tuvo que extraer el hueso; el tercero casi se curó, pero había tenido el brazo entero reventado, convertido en una masa pulposa semiparalizada; el cuarto tenía dos heridas horrendas en la rodilla, donde se podían ver las venas por un lado y el hueso por el otro; el último casi estaba curado, a excepción de un inmenso trozo de carne quemada en la rodilla y una cavidad del tamaño de una bola de golf en el muslo. Era horroroso mirar cómo se vendaban las heridas con gasa y cómo, cuando la retiraban o la rellenaban, los pobres hombres, increíblemente valientes, gemían, se lamentaban, forcejeaban y, a veces, incluso gritaban. Cómo lo soportaron todo, no lo sé. No tuve ganas de vomitar, pero sí Mariana, en su estado también era normal.

Cuando pensaba en esas heridas y en cuan pequeñas son comparadas con las que tendría que ver, casi deseaba haberme quedado en casa, pero tenía que irme acostumbrando. Consuelo, una dama enfermera jefa, dijo que una pronto se habituaba. Entonces comprendí por qué las enfermeras eran con frecuencia duras e inhumanas. De otra manera no podrían seguir siendo enfermeras, entendí que era terriblemente interesante.

Así era día a día en el hospital.

El 2 de noviembre a las 4.30 h salí junto con Mariana hacia Gibraltar, donde pasamos la noche en el Rock Hotel. Tan pronto llegamos, fuimos a ver mi automóvil, toda una preciosidad: negro, con cuero verde en el interior, era un regalo de mi padre. Lo utilicé continuamente. Gibraltar era un lugar extraño, muy pequeño pero muy simpático donde todo el mundo es mucho más español que inglés, aunque parecen ingleses.

Al día siguiente Touffles vino al palacio de Sanlúcar de Barrameda. Como Mariana se quedó jugando con su hermana, me fui a pasear con él por los jardines y a continuación fuimos al Botánico para ver plantar árboles frutales. Más tarde Touffles y yo jugamos a las cartas hasta la hora del almuerzo. Tras este me fui a Jerez con mi automóvil y tomé el té con los Montemar. Luego asistí al curso y volví conduciendo a casa para la cena. Después de cenar, mi tía Bee, mi tío Ali y Touffles jugaron al *bridge* mientras yo miraba y escuchaba mi radio. Al día siguiente nos fuimos todos a Sevilla.

Días después Luz María se puso mala, por lo que Mariana se quedó con ella y no vino conmigo como de costumbre al hospital. Cuando regresé Mariana estaba ansiosa deseando que le contara las cosas que habían sucedido ese día.

—¡He disfrutado tanto hoy! Vi operar al doctor.

—¡Qué suerte, Pip! Es la primera vez que asistes a una operación.

—Sí, me ha cautivado. Fueron dos operaciones. Una consistía en amputar una pierna por debajo de la rodilla. El médico utilizó cloroformo y todo fue muy limpio y rápido. Era tan extraño ver el pie en el suelo separado del resto del miembro. El segundo paciente estaba muerto de miedo. No había intención de utilizar el cloroformo y decía que iba a morirse, por lo que le dieron una inyección en la espina dorsal para anestesiarlo de cintura para abajo. No podía sentir mucho, pero aullaba, gritaba y gemía todo el rato. Nunca conocí a nadie que pudiera hacer tanto ruido. Se volvía loco, se sacudía y forcejeaba hasta que finalmente el doctor me dijo que le pusiera el cloroformo. Su operación originó un jaleo asqueroso, con sangre fluyendo en todas direcciones. Lo más desagradable era el calor y el olor del anestésico.

—Lo cuentas de tal manera como si lo hubieras disfrutado.

—Mariana, sí, he disfrutado mucho. Me encanta ser enfermera y ¿sabes una cosa? empiezo a detestar a los moros. Son tan pesados, siempre peleando y gritándonos —aunque Mariana no iba a darme la razón, en el fondo ella sentía lo mismo sobre esos hombres que estaban luchando por Franco, o mejor dicho que fueron utilizados para ganar esa guerra civil—, me vuelve loca tener tantos moros asquerosos, hediondos, mandándome de un sitio a otro. No me importa hacer lo que sea por ellos si me lo piden y actúan con amabilidad, pero el problema es que son casi todos de clase muy baja y de repente te gritan, roban cosas y sueltan tacos, o aún peor, se ponen descarados y hacen comentarios obscenos en árabe riéndose de nosotras.

—¡Es curioso! Ayer, al terminar de poner un vendaje, se lo quitaban y querían otro de distinta medida. El problema es que están haciendo su periodo de ayuno y no comen nada hasta la cena, por lo que están muy irritables.

—Sin embargo nos encanta nuestro trabajo, aun llegando a tener cierta antipatía por esa gente, me siguen interesando sus heridas pues después de todo es lo principal.

Las dos nos empezamos a reír, ya que Luz María se estaba durmiendo mientras le contaba lo sucedido…

**Capítulo 19**

**Mercedes Milá Nolla**

El 15 de noviembre de 1937 fue mi vigésimo primer cumpleaños. Estuve con Touffles en Gibraltar desde la noche anterior y pasamos la noche juntos hasta altas horas. Cada día le adoraba más y solo deseaba estar en todo momento con él. Se quedaría conmigo durante toda la Guerra Civil Española. Cargada de compras, incluidos tres mil cigarrillos y una radio que me compró Touffles, volví con el coche que me había regalado mi padre a España. Mi posición social me garantizaba no tener problemas al cruzar el control fronterizo, menos mal porque no tenía ni seguro ni el carné de conducir.

Me alojé con mi familia en el Hotel Cristina en Sevilla, el cual estaba atiborrado de militares alemanes de permiso. Touffles se reunió con sus compañeros de la Luftwaffe y anunció que se iban a un burdel. Entonces fui en busca de Mariana para contárselo.

—¡No me lo digas… Touffles! —nada más verme entrar por la puerta Mariana adivinó que yo deseaba hablar de mi amado.

—Por supuesto que es condenadamente estúpido por mi parte que me importe, ya que no será la primera ni la última vez que se acuesta con una furcia, si yo le gustara solo un poquito de la manera que yo quisiera, no me lo habría dicho.

—No te entiendo, ¿de qué estás hablando, una furcia? —me adelanté a mis comentarios sin decirle a dónde se había ido Touffles.

—Perdona, Mariana, estoy muy confundida con todo esto que me ha sucedido. Mi Touffles me ha dicho como si nada que se marchaba con sus amigos al burdel —la cara de Mariana era de espanto, lógico, su marido recién abandonado por ella también hacía lo mismo—; de todas formas qué más da. Estoy perdida si me importa. Ya sabía que no estaba enamorado de mí, así que da igual. ¡Maldición!

Cuando Touffles y sus compañeros alemanes volvieron al burdel la noche siguiente, preferí estar como enfermera en el frente.

Me sentí rechazada por Touffles y me impliqué más en mi trabajo en el hospital.

Tenía un sentimiento lúgubre de vacío y con el pesimismo horrible de tiempos de guerra le daba vueltas a la cabeza pensando si algún día volvería a verle.

Unos y otros seguían preguntándome cuándo iba a casarme con él y yo me refugiaba en Mariana.

—Pero, qué sentido tiene preocuparse. En este preciso momento casi seguro que anda en Sevilla con una furcia, por qué debería importarme. Por supuesto que me importa, aunque es muy estúpido.

Los moros seguían de pésimo humor, dado que tenían que ayunar un mes durante su Ramadán como me dijo Mariana. Uno de ellos, que estaba bastante mejor, tenía fiebre y como rechazaba beber un vaso de agua antes de la puesta del sol empeoró y podría morir si nadie hacía algo al respecto. A media mañana Mariana y yo salimos a comprar galletas para la comida. Nos abordó una horrenda mujercita, muerta de miedo, y nos contó que uno de los moros le había regalado alimentos para sus niños, le dijo que él no podía comerlos a causa del Ramadán. Nos siguió contando que él quería casarse con ella y llevársela con sus hijos a África. Por supuesto que ella le dijo que no a lo que él argumentaba que tenía derechos sobre ella después de haber aceptado sus ofrendas. Golpeaba cada noche la puerta de su casa diciéndole que si no se casaba con él la mataría y a continuación se suicidaría. La pobre mujer estaba aterrorizada, así que la calmamos y nos fuimos a hablar con el comandante Romero para poner fin a la situación. Al día siguiente, vimos como el moro se subía a un camión militar con destino a Guadalajara para jamás volver a importunar a la horrenda mujercita. «¡Era tan fea!»…

Mariana y yo regresamos a Jerez, donde esperábamos con impaciencia el examen de enfermería. Tenía muchísimas ganas de ir al frente, aunque mi moza no me acompañaría debido a su avanzado estado de gestación.

No obstante, para marcharme al frente necesitaba el permiso de Mercedes Milá, que fue nombrada por Franco jefa de los servicios nacionales de enfermería, la Jefatura General de Servicios Femeninos de Hospitales. Mi tía Bee tenía una estrecha amistad con ella, aunque conmigo se debería atragantar porque nunca veía el momento para darme el visto bueno para ir al frente.

Mariana y yo decidimos que si Mercedes Milá no nos requería en el frente solicitaríamos a otra mujer que

94

llevara una sección diferente para que nos enviaran a algún hospital pequeño. Si por nosotras fuera, a algún tipo de equipo de emergencia en el mismo frente. Era emocionante poder estar allí, las únicas mujeres, bajo nuestra completa responsabilidad y teniendo que sacarnos solitas las castañas del fuego. No nos importaría el duro trabajo infernal. Sin embargo, eso era solo un proyecto.

Antes de Navidad me enteré de que mi tía Bee estaba en Burgos, así que regresé al palacio y fui en busca de Mariana.

—Voy a ir a Burgos con mi tía Bee, tal vez allí esté Touffles.

—¿Quieres que te acompañe?

—¡No!, quédate en el palacio, es peligroso para ti emprender un largo camino. Cuida de Luz María —le dije—, espero volver a vernos muy pronto —le di un abrazo cuando una sirvienta de palacio se presentó ante nosotras, nerviosa—, ¿qué pasa, Azucena?

—Ha llamado a la puerta un señor muy mal educado preguntando por usted, pero le dije que no sabía si había llegado del hospital y que esperara fuera, después me preguntó por la señora Mariana pero como usted bien nos advirtió le he dicho que no la conocía, ah…dice que se llama Pelayo…

## Capítulo 20

**Invierno en Teruel**

Mariana se levantó desesperada de la silla, se ruborizó y me miró muy asustada.

—Tranquila, Mariana, voy a arreglar este maldito asunto ahora mismo, tú quédate aquí y no intentes asomarte por la ventana.

Antes de salir de la habitación para recibir a Pelayo, vi como Mariana abrazaba llorando a Luz María, muerta de miedo.

Me presenté en la puerta y lo vi visiblemente demacrado y desolado.

—Perdone por presentarme de este modo pero Mariana me abandonó estando embarazada de un hijo mío y quería saber si está con usted.

—Ya me informaron de que Mariana se marchó de Londres dejándole solo, pero por desgracia no ha venido a verme y no sé nada de ella, aunque si algo supiera, le digo que no le ayudaría en absoluto, ya que ella me contaba que usted le pegaba, ¿y sabe una cosa, Pelayo?, eso es de cobardes, hombres como usted que maltratan a las mujeres son seres COBARDES y despreciables.

Me quedé aliviada al decirle esas cuatro palabras, pero es que no era para menos. Él no me respondió, se giró y se marchó. Llamé al chofer para que le siguiera y me dijera dónde había ido.

—Puedes estar tranquila, Mariana, tu marido no te volverá a molestar, ha vuelto a coger el barco hacia Londres.

El 23 de diciembre de 1937, después de conducir durante dos días, no pude encontrar a mi tía Bee y me desesperé por haber llegado desde tan lejos únicamente para estar sola. Mi tía se había mudado al palacio de Ventosilla en Aranda del Duero. Esto se debía a que las unidades de la línea del frente de la aviación nacional se estaban reagrupando como I Brigada Aérea Hispana en Aranda, junto con la Aviazione Legionaria de Italia en Zaragoza y la Legión Cóndor alemana en Almazán, la ciudad medieval amurallada al sur de Soria. El general Alfredo Kindelán, con el mando total sobre las tres fuerzas, había instalado su cuartel general en Burgos. Tuve la suerte de conseguir una habitación en el hotel donde se alojaba la familia del general. Me dijeron entonces que Mercedes Milá tenía la intención de enviarme a un hospital en el frente. Hubo una conmoción terrible en el hotel cuando llegó la noticia de que Álvaro de Orleans se había estrellado. Su mujer, Carla, se puso histérica y tuve que calmarla. Al poco rato, el propio Álvaro llamó desde Soria. Nos sentimos tan aliviados que no sabíamos qué hacer. De hecho, Carla no lo creyó hasta que ella misma habló con él, entonces tuvo un ataque de nervios, se puso furiosa y dijo que no quería verlo nunca más y que no iría a Aranda conmigo esa noche para pasar la Nochebuena con mi tía Bee, de momento nadie pudo disuadirla.

Después de llevar a Carla a mi habitación, darle un brandy y echarle un sermón de diez minutos, la convencí para que fuera a Aranda, dado que se había enviado un coche para llevar a Álvaro allí. Hicimos unos ochenta kilómetros en mi automóvil con una niebla espesa que me impedía ver más allá de diez metros en los mejores momentos. Sin embargo, con mucho cuidado, finalmente llegamos a Aranda y encontramos allí a mi tío Ali, a mi tía Bee y a Touffles.

Era una casa preciosa, toda la familia nos reunimos para celebrar la cena de Nochebuena. Antes de cenar encendimos las velas del árbol de Navidad. Antes de irse mi tía Bee a la cama me cogió de lado ya que quería decirme algo:

—¿Sabes, Pip? Mi hijo Ataúlfo nunca superará que Beatriz, la hija de Alfonso XIII, le haya roto el corazón —me decía mi tía Bee poco convencida—, está tan afectado que temo que nunca se enamore o se case y se convierta en un joven de mundo con amantes en todos los sitios.

Cuando todo el mundo se fue a la cama, reflexioné sobre lo que me dijo mi tía Bee y entendí en pocas palabras que Touffles nunca se casaría conmigo.

Encontré a Touffles despierto y nos sentamos a jugar al pique hasta aproximadamente las dos de la madrugada.

—Te veo mucho más delgada y también muy guapa.

—Muchas gracias —cambié rápidamente de tema—, lo he arreglado todo para irme al frente y espero salir dentro de una semana o dos, a lo sumo —él me miraba como si estuviera enamorado de mí, pero ¡y si no lo estaba!—. Tu madre ha estado contando encantadoras historietas sobre mí en Londres y dice que ahora soy una heroína de la que se habla con admiración. Ciertamente ésta es la más extraña Navidad que nunca he pasado.

El 27 de diciembre dejé Jerez para estar cerca del frente. Me dirigí a Burgo de Osma, un atractivo pueblo antiguo a cincuenta y ocho kilómetros de Aranda, camino de Soria, donde algunos de los oficiales de la Legión Cóndor estaban allí estacionados. La Legión había sido enviada por Hitler en noviembre de 1936. Se componía de cuatro escuadrones de bombarderos y un número similar de combatientes, junto con baterías antiaéreas y dieciséis tanques con su tripulación, unos cuarenta mil hombres en conjunto. Touffles estaba destinado en la Legión.

Finalmente encontré el viejo convento en Burgo de Osma que la Legión Cóndor usaba como campamento. Los soldados se sorprendieron tanto al verme que cualquiera pensaría que nunca habían visto a una mujer. Expliqué al centinela en mi mejor alemán por qué estaba allí, delante de un círculo de soldados que me miraban fijamente. Así que me acompañaron dentro y esperé en una oficina pequeña y sucia con tres soldados alemanes, una celda asquerosa con cuatro literas de madera, una radio y algunas sillas rotas. Si es así como mi Touffles vivía, lo sentía por él. Finalmente apareció él y nos fuimos a Ventosilla, adonde llegamos helados y con retraso para el almuerzo. Nos sentamos y hablamos hasta después de las noticias españolas, luego volvimos al salón, donde mi tío Ali, mi tía Bee y yo celebramos el Año Nuevo con la ayuda de mi radio y una botella de Kúmmel. Después sintonizamos una emisora roja,

Radio Libertad, que transmitía en alemán. Solo decían sandeces mientras proclamaban que ese triunfante año había terminado ¡con la toma de Teruel! Evidentemente ambos bandos estaban celebrando la toma del mismo pueblo. Qué mentirosos eran, no tenía constancia de sus triunfos en ninguna parte.

1938 llegó y deseaba con toda el alma lo que me iba a traer ese año.

A mediados de enero, Touffles recibió un telegrama donde le ordenaban ir al hospital de Alhama de Aragón, al sudoeste de Zaragoza en la carretera a Guadalajara. Aunque se mostraba reticente a dejar a sus padres, era inevitable, debido a la reorganización de la aviación nacional. La escuadra aérea de Touffles formada por bombarderos Savoia-Marchetti 79 se estaba trasladando a Castejón, mientras la Legión Cóndor de Touffles lo estaba haciendo a Corella. Tanto Castejón como Corella estaban entre Alfaro y Tudela en Navarra y mi tía Bee partió hacia Castejón con la intención de montar la casa para su marido y su hijo. De hecho, cuando llegaron las órdenes, toda la familia estaba aquejada de resfriados y gripes. El más afectado fue Touffles, decidí quedarme con él y cuidarle. A pesar de todo, la proximidad con mi amado no me trajo la felicidad deseada:

> Estoy en el fondo de una gran depresión y tan nerviosa que no sé lo que hacer conmigo misma. No puedo dormir y no he pegado ojo en tres noches, lo cual no es sorprendente, puesto que tengo que mantener una firme compostura para no parecer que estoy enamorada de Touffles. Al

parecer me estoy controlando menos, me siento más frustrada y más sola, pero sea lo que sea es un puro infierno que me deja en un estado en el que soy incapaz de dormir y de comer, me hace sentir fatal.

Los cotilleos maliciosos acerca de nuestra relación imposibilitaron que me quedara a su cuidado.

Mis dudas se disiparon gracias a un encuentro con Bella Kindelán, la hija del general que estaba como enfermera en Alhama. Me contó que sería posible ir desde Alhama con un equipo móvil hasta el mismo frente, así que dejé a un lado la melancolía y me volqué en la enfermería.

Días después de que Teruel cayera en manos republicanas, las fuerzas nacionales que avanzaban se convirtieron en asediantes. La amplitud de la lucha puede definirse en los comentarios de Franco al embajador italiano, al cual le decía que estaba encantado porque la República estaba destruyendo sus reservas lanzándolas dentro del «caldero de brujas de Teruel».

A finales de enero mis largas vacaciones de Navidad habían finalizado y me acomodé junto con las otras enfermeras en el desapacible hotel de Alhama de Aragón, el cual hacía las veces de hospital local. Hacía un frío terrible y era deprimente. Era un invierno cruel, el frío glacial se reflejaba en las tierras áridas y rocosas de Aragón, llegando a temperaturas de hasta veinte grados centígrados bajo cero. Echaba de menos a Touffles, pero no había nada que hacer.

A la mañana siguiente fue todo lo contrario, estuvimos trabajando como locas en el pabellón. Preparamos todas las vendas, lavamos tanto como pudimos e hicimos las camas de los que no podían moverse. Esa mañana llegó un hombre llamado Juan, tenía la columna rota. Cuando lo trajeron, al pasarle a la cama, vi la piel de su espalda desgarrada y como un trozo de hueso salía de ella. Sabía en ese momento que ese hombre no viviría, evidentemente murió en mis brazos intentando calmarle el dolor, aun así tuvo recuerdos para su hijo y su mujer.

—Enfermera, por favor, si alguna vez encuentra a mi mujer dígale que la quiero, y a mi hijo, es muy pequeñito —su voz se entrecortaba y se apagaba—, ellos viven en Pola de Somiedo y ella se llama Nuria, *hazl...* —su voz se apagó para siempre.

Ese mismo día Mercedes Milá vino a almorzar y a elegir diversas enfermeras para otros hospitales. Durante todo el almuerzo le estuvimos rogando que nos enviara al frente, pero sin resultado. A continuación nos sentamos a su alrededor.

—Necesito dos enfermeras —Milá señaló a Paula y a Laura, pero ninguna de ellas estaban animadas por partir hacia el frente.

—Nosotras sí —alcé el brazo, al igual que otra enfermera llamada Yolanda...

# Capítulo 21

## El hospital en Cella

—Eres demasiado joven para ir al frente —me dijo Milá—, el lugar del destino es un sitio peligroso con un cargo responsable.

—Hemos demostrado lo buenas enfermeras que somos, Mariana también estaría encantada de ir con nosotras pero debido a su estado avanzado de gestación le prohibí que viniera a este paraje tan helado.

—De acuerdo, mañana partiréis con otras tres enfermeras hacia Cella, el hospital más cercano a Teruel.

—¡Por fin vamos al frente! —le dije a Yolanda—. Quizás vea a Touffles todos los días volando a bombardear. Estoy impaciente por ir, mi espíritu de aventura está despierto.

A pesar de que era consciente de que el hospital podría ser bombardeado, mi preocupación principal era si mis conocimientos de enfermería serían suficientes cuando las vidas de los heridos graves pendieran de un hilo.

El 31 de enero de 1938 salimos Yolanda y yo en mi automóvil con un teniente para escoltarnos. Como el camino principal estaba cerrado por los bombardeos tuvimos que dar un rodeo de unos kilómetros por pésimos caminos zigzagueantes, arriba y abajo por las montañas hacia Cella.

El camino estaba lleno de hoyos y lodo, no se podía ir a más de quince kilómetros por hora. Finalmente llegamos a Cella. Era una aldea grande, sucia y muy destruida. Nos decían los de allí que la bombardeaban casi cada día, tanto la artillería como la aviación, pero cuando llegamos estaba en calma y en el hospital nadie sabía por qué habíamos ido y al no tener nos llevaron a ver al comandante.

—Me dijo el doctor que había pedido dos enfermeras, a ver qué hago con las otras tres. Evidentemente tenemos pocas enfermeras, pero no podemos encontrar un sitio en donde hospedaros, además aquí no hay comida —nos dijo el comandante, del que no sabía su nombre ni su apellido, ya que no se dignó ni a presentarse.

—No nos importa dormir en el suelo —dije convencida, pero no nos creyeron.

Almorzamos con el comandante, nuestro escolta y un teniente de intendencia. Fue una comida disparatada, sucia y animada. A continuación vagamos por las calles y nos presentaron a todos los médicos. Nos dieron provisionalmente una habitación para las cinco. Era pequeña y sucia, pero qué importaba. El suelo era de ladrillo y el papel de la pared estaba desgarrado. Las paredes y el techo estaban gravemente cuarteados y la puerta no se cerraba porque toda la pared adjunta estaba hundida. Sacaron una cama doble y algunos colchones que eran simplemente sacos llenos de bultos. No teníamos almohadas, pero conseguimos sábanas y mantas. Aparte de eso teníamos cinco sillas tambaleantes, una sola vela como luz y nada de agua.

104

La ventana no tenía cristales y lo peor era el baño. Era tan repugnante que no se podía estar allí. El pueblo estaba abarrotado de soldados y mulas, las ambulancias iban y venían continuamente. Pero yo estaba encantada con el lugar y tenía muchas ganas de quedarme, aunque estábamos terriblemente temerosas de que nos enviaran de vuelta cuando las otras volvieran, dado que tenían precedencia sobre nosotras. Nuestro horario era de nueve de la mañana a nueve de la noche, después veinticuatro horas libres y luego de nueve de la noche hasta las nueve de la mañana otra vez. Un buen acuerdo que nos dio tiempo para vagabundear durante los descansos.

El teniente de intendencia vino hacia las ocho para ver cómo estábamos, y nos encontró sentadas alrededor de una vela sobre una silla.

—Estamos a solo cinco o seis kilómetros del frente más cercano. Vuestra única línea de comunicación con el mundo exterior es el camino por donde vinisteis, de modo que si los rojos aciertan a cortar el ferrocarril y el camino estamos aislados. El equipo en que tratamos de meternos probablemente dentro de pocos días se irá de aquí hacia Villarquemado, localidad que está más cerca del frente.

—Espero que nos lleve —dije yo sin miedo.

Cenamos con el comandante después de resbalar y arrastrarnos por oscuros y fangosos callejones. El alférez y un tipo atractivo también estuvieron presentes. Cuando volvimos el alférez se arrodilló en el suelo y a la luz de una vela nos confeccionó el permiso para recoger nuestras raciones de comida al día siguiente.

Entonces fue cuando realmente empecé a sentir que estaba en una guerra.

Tener coche supuso una diferencia colosal, ya que podía desplazarme a los pueblos cercanos y comprar lo que necesitábamos para la casa, para hacer la habitación más cómoda y también aprovechar para comprar comida.

Al día siguiente entramos en el quirófano.

—Las otras tres enfermeras han llegado —nos dijo el doctor.

Siguieron entonces momentos de angustia esperando a que decidiera a quién elegir. Finalmente eligió a las otras tres por tener precedencia. Casi lloramos, pero cuando nos marchábamos encontramos a un teniente cuyo capitán necesitaba dos enfermeras más. Estuvimos esperando sin apenas atrevernos a tener esperanzas, hasta que vino el capitán y nos cogió sin vacilar. Estábamos tan emocionadas que casi nos morimos de alegría. Empezamos a buscar una habitación, con gran suerte encontramos un amable muchacho campesino que decía conocer a una gruesa mujer con seis vacas que disponía de una habitación con dos camas y que acababa de quedar libre. No la dejamos escapar. Era espléndida, grande y limpia, con una cama doble, otra individual y un lavabo. Ningún otro mueble ni cristales, pero definitivamente lujosa para ese lugar. La familia era encantadora: amables y agradables campesinos dispuestos a ayudarnos en todo. Nuestro capitán es un hombre más bien enérgico y eficiente y se toma muchas molestias para que nos sintamos cómodas, aunque estábamos muertas de miedo. Había otras dos enfermeras en el equipo, Mª José y Marta, las dos muy vulgares.

El capitán Roldán, que así se apellidaba, era también el médico, pero a la vez muy brusco, rudo y grosero, nos trataba como si fuéramos sus soldados, no creía que fuera nada bueno, resultaba siniestro tener que trabajar como enfermera al lado de un bruto que nos estaba gritando todo el rato. Era exasperante y me dejaba destrozada.

A principios de febrero me llegaron paquetes y una carta de mi madre y de toda la familia. Mi madre fue categóricamente dura en su carta: quería que volviera a casa el 20 de marzo para unas tres semanas, pero yo no sabía cómo explicarle que era imposible. No podía tener permiso al pronto de ingresar en el equipo. Debía esperar unos meses, a menos que no tuviéramos nada que hacer, lo cual era improbable.

Cuando en uno de mis turnos me tocó estar en quirófano me quedé pasmada ante la ignorancia del capitán médico Roldán sobre las medidas básicas de higiene.

Uno de los turnos peores que tuve fue una mañana en que llegaron tres personas para ser operadas. El primero era un hombre abrumadoramente atractivo que parecía un diablo rubio o un Hamlet con una pequeña barba y hermosos ojos. Le tuvieron que amputar dos dedos, pero fue muy valiente. El segundo tenía una herida en el estómago, había perdido tanta sangre que estaba blanco como una sábana y demasiado débil para ser operado, así que se lo llevaron a hacerle dos transfusiones de sangre. Después de él vino un tipo duro con un proyectil en la rótula. Recién empezada la operación, el médico casi se desmayó. Sufrí horrores viendo que la anestesia local no duraba lo debido y que el doctor estaba tan mal que dejaba caer las cosas y tenía que sentarse. Fue horrible. El capitán Walsh le sustituyó en el puesto con tres operaciones. Primero, una herida en el estómago que había alcanzado el bazo. Estaba tan dañado que tuvimos que extirparlo. Hizo una operación magnífica, obviamente era mejor cirujano que Roldán, pero era asqueroso ver el bazo dispuesto sobre la mesa como un pedazo de hígado en una carnicería. Después hubo una truculenta: un pobre hombre tenía todo un lado de la cara atravesado por balas. La mandíbula era simplemente una masa de carne, dientes y astillas de hueso mientras su boca colgaba de una hebra. No podía hablar y cualquier cosa que quisiera decir tenía que escribirla en mi tablilla. Apenas podía respirar debido a que la garganta estaba llena de trozos de carne y hueso. Era pavoroso, cuando se le remendó tenía un aspecto tan espantoso que no se le podía mirar. Acto seguido vino un hombre con cinco heridas en la cabeza, una fractura en la parte superior del brazo y otra en un fémur. Al sostener su brazo para que se lo vendaran empecé a tener escalofríos. Como el hueso estaba destrozado el brazo era fláccido como una salchicha y estaba hundido por todos lados. Roldán volvió y operó al pobre muchacho con la herida en el estómago. Fue entonces cuando empecé a llorar, a pesar de hacer todo lo posible por controlarme.

# Capítulo 22

## Ofensiva sobre Teruel

En la noche del 16 de febrero nos dijeron que la ofensiva sobre Teruel iba a empezar a la mañana siguiente y se me ocurrió la horrenda idea de subir a una montaña para ver la batalla. Así que nos apeamos y subimos la colina hasta un puesto de artillería antiaérea alemana. Los alemanes fueron amables, nos prestaron sus anteojos y nos explicaron lo que ocurría. El ruido era increíble, un rugido continuo, como un trueno, con intermitentes detonaciones de distinta intensidad. El cielo estaba lleno de aviones disparándose y derribándose; las trincheras, rojas; y todo el paisaje de alrededor, cubierto de columnas de humo. Vagamos de una colina a otra entre los puestos de vigilancia hasta que llegamos bastante cerca de la acción, aunque eso sí, estábamos fuera de peligro, ya que toda la descarga se dirigía hacia otra parte. Alrededor de las once y media empezaron a llegar los bombarderos y lo hicieron a oleadas continuas, hora tras hora, hasta que las líneas rojas quedaron cubiertas por el humo negro de las bombas. El incesante rugido de los aparatos yendo y viniendo continuamente y el de los cañones disparando era ensordecedor. Me recordaba lo vivido en Guernica junto a mi prima Claudia. Desde una colina podíamos ver casi todas nuestras baterías disparando y la infantería corriendo hacia el frente. Una granada roja estalló abajo, a unos cien metros, dirigida a la batería.

Oímos un zumbido y un agudo chirrido y luego... ¡crash!, una enorme nube de humo por debajo nuestro. Nos quedamos allí hasta la una y media mirando, estábamos demasiado cautivados para irnos. Se podía ver Teruel a unos diez kilómetros, oculto por una nube de humo. Era tan extraño estar sentados al sol viendo todo aquello, reconociendo los aviones y pensando: «Allí va mi Touffles, allí mi tío Ali, por allá va Álvaro...». Parecía un sueño extraño. Cuando nos marchamos el cielo todavía estaba lleno de aviones y el rugido de los cañones era igual de intenso como siempre, pero los proyectiles rojos caían más cerca, así que decidimos que el buen juicio era la mejor parte del valor y nos largamos hacia la pacífica Cella, a unos seis kilómetros de distancia. Cuando llegamos nos derrumbamos de repente, después de tomar un almuerzo a base de lentejas dormimos de cuatro de la tarde a las ocho de la mañana del día siguiente.

El 22 de febrero me despertó el toque de las campanas que anunciaba la captura nacional de la ciudad de Teruel, atravesé andando los restos derrumbados de la misma, no encontré una sola casa entera, todas estaban llenas de balazos, hechas añicos por los cañonazos y con profundos agujeros por los bombardeos aéreos.

En medio de los escombros me encontré un piano de cola sin desperfectos en un bar y me puse a tocar canciones mientras los soldados dejaban de saquear para ponerse a bailar. Según la radio oficial, se tomaron tres mil prisioneros y murieron dos mil hombres.

Después de Teruel, con sus ejércitos concentrados en Aragón, Franco aprovechó su triunfo para lanzar una ofensiva hacia el Mediterráneo y el río Ebro, ofensiva que empezó el 7 de marzo.

**Capítulo 23**

**Nacimiento en palacio**

Pedí permiso para marcharme a Sanlúcar de Barrameda, Mariana seguramente estaría a punto de dar a luz. Si ya lo hubiera hecho no me lo perdonaría jamás, ya que le juré que estaría a su lado para cuando naciera su bebé.

Llegué extenuada del viaje, cansada de ir por lugares donde tenía que esquivar la guerra, la maldita guerra. Por fin llegué al palacio y saludé a todos los sirvientes. Mariana todavía ignoraba mi llegada y me dijeron que le quedaba poco tiempo para «parir», dicho así, vulgarmente, como lo dicen los españoles. Llamé a la puerta de su habitación y me abrió Luz María, que se lanzó a mis brazos nada más verme.

—¡Pip! Qué alegría, Dios mío —me abrazó como nunca lo hizo mi madre—. Pero, mi niña, estás muy delgada y ¡sucia!

—¡Lo sé! Ha sido un largo viaje desde Teruel —le acaricié la prominente barriga—, he venido para estar contigo hasta que nazca tú bebé.

—Muchas gracias, Pip, sabía que ibas a venir pero si no hubieras podido tampoco pasaba nada, sabía de sobras que tu deber como enfermera era cuidar de los malheridos de esta maldita guerra.

—¿Y de Pelayo sabes algo?

—No, pero tengo mucho miedo de que aparezca de nuevo.

—Después de la amenaza que recibió de mí no creo que tenga ganas de volver a España.

Mariana, su hermana Luz María y yo pasábamos las horas por los jardines. El 27 de marzo, a las cinco de la tarde y mientras les contaba todo lo que me había sucedido durante mi estancia en el frente, Mariana se indispuso y empezó a tener contracciones.

—Creo que tenemos que volver a la habitación, voy a tener a mi bebé, lo sé…

Mariana, acostada en su cama y con la ayuda de la comadrona que no tardó ni diez minutos en llegar a la casa, tuvo una preciosa niña pelona.

—Se llamará Maribel —decía Mariana mirándome mientras lloraba—, ¡mira, Luz María, tu sobrinita qué guapa es!

—Es preciosa, se parece mucho a ti.

—Descansa, Mariana, aunque ha sido un parto rápido tu cuerpo necesita reponer la energía que ha perdido.

La comadrona ayudó a Mariana para que amamantase a Maribel y tanto la pequeñita recién nacida como su madre se quedaron dormidas.

—Vamos, Luz María, dejémoslas que descansen.

A los tres días de mi estancia me despedí de las tres, ya que tenía que volver al frente.

—Cuídate mucho, Pip.

—Lo haré, espero que muy pronto volvamos a vernos.

## Capítulo 24

**La visita de Mercedes**

El 10 de marzo los nacionales reconquistaron Belchite y el 15 de abril las Brigadas Navarras llegan hasta el mar por Vinaroz, cortando la zona republicana en dos.

Belchite estaba prácticamente destruida. Allí, Yolanda y yo desescombramos y fregamos los suelos para acondicionar el equipo en uno de los edificios menos dañados. Al terminar estábamos extenuadas. Fuimos entonces al único abastecimiento de agua. Era una fuente en medio del pueblo con cantidad de soldados a su alrededor peleándose por poder utilizarla. Esa mañana nos fotografiaron para la prensa con los dos únicos civiles supervivientes, una vieja señora de unos setenta años y otra de alrededor de cuarenta. Éramos las únicas mujeres, el resto eran enjambres de soldados de todas las clases. Había uno que hablaba un poco de inglés y me contó que había ochenta y cinco presos de las Brigadas Internacionales, mayoritariamente americanos y algunos ingleses.

—Se les fusilará, como siempre se hace con los extranjeros —dijo el soldado.

Al día siguiente después del desayuno ocurrió una gran tragedia, descubrí que alguien había estado en nuestra habitación y se había llevado una caja con discos, mil cigarrillos, mi pistola y lo peor de todo, mi radio. Cansada como estaba, empecé a llorar, lo que me hizo perder los estribos. La siguiente vez que volvimos a casa la pobre Yolanda descubrió que habían estado otra vez y habían roto la cerradura de su maleta y robado toda su ropa, su abrigo, un brazalete, 250 pesetas y la foto de su prometido que había muerto. Al final casi se pone a llorar también. También se llevaron el abrigo de Tomasa, dos uniformes, diversa ropa y la chaqueta de piel de Consuelo, rompieron y abrieron mi maleta, aunque por suerte no cogieron nada. Estábamos todas furiosas, cada vez que teníamos que ir al hospital algo desaparecía. Se lo contamos al guardia civil y nos quejamos al capitán de Estado Mayor. Me devolvieron los discos y encontraron los cigarrillos, pero estos no me los dieron. Fue Roldán quien cogió a dos soldados mientras robaban, por lo que fueron trasladados.

Mercedes Milá apareció inesperadamente en el hospital. Tuvimos que enseñarle las estancias que habíamos reformado y encontró numerosos fallos.

—Hace demasiado calor en uno de los pabellones, vuestras camas están desarregladas y vais demasiado maquilladas... —eso último me molestó mucho, después de todas las semanas de inmundicia que habíamos vivido, en la primera ocasión que podemos presentar un aspecto respetable tenía que venir ella y decir que nos pintábamos demasiado—. Aquí vamos a tener únicamente cincuenta camas, tenemos que poner veinte arriba, en el comedor.

Colocamos la mitad en cuanto se marchó, pero como no teníamos luz no pudimos hacer el resto.

La velocidad del avance franquista nos obligó a mudarnos a Escatrón, en un recodo del río Ebro. Supuso un viaje por carreteras pedregosas en medio de un panorama desolador que contenía cadáveres, caballos muertos, alambres de espino y trincheras abandonadas. Se me hizo más llevadero el viaje después de recuperarlo todo, inclusive la radio, gracias a la cual tenía noticias de que mi Touffles no estaba lejos.

De hecho, me emocioné cuando recibí su visita, a pesar de que llevaba muchísimo tiempo sin poder bañarme, quizás desde Sanlúcar de Barrameda. Mi uniforme estaba negro y mis manos también, además las tenía hinchadas y ásperas, tenía la cara llena de polvo e iba sin pintar y mi pelo estaba bastante sucio y enredado. Sin embargo Touffles estaba limpio y elegante, estaba tan atractivo y guapo. Escatrón se encontraba lo bastante cerca del frente como para estar al alcance de la artillería. Los hombres malheridos aumentaban sin cesar. Iluminados con lámparas de aceite, mi equipo y yo trabajábamos incesantemente durante los bombardeos. Pasaba las noches enteras con los pacientes, durmiendo vestida con mi uniforme en la sala.

Nos sugirieron retirar el equipo del frente, teníamos que avanzar, en medio de la noche, hacia Caspe, que habían tomado los nacionales el 16 de marzo. Conduciendo en plena oscuridad por carreteras empedradas, mi coche tropezó con una piedra enorme y se averió. Al borde de la extenuación física y nerviosa, tuvimos que improvisar en Caspe un hospital nuevo. A medida que llegaban más heridos, me enteré de que me habían robado el coche.

Finalmente me acosté:

> Si la vida sigue así más tiempo, vamos a morir todos. No hay quien aguante esto.

Aun así, tras una noche durmiendo, estaba de nuevo al pie del cañón. Touffles acudió con galletas, chocolate, tortas y vino.

Trabajaba en turnos de cuarenta y dos horas con descansos de seis horas, que a menudo se interrumpían con la llegada inesperada de heridos horrendos.

Me alegré muchísimo cuando me dijeron que habían encontrado mi coche abandonado en una cuneta. La ocasión sirvió para que cargara pilas para el próximo traslado del equipo detrás del rápido avance nacional. Nos mandaron a Gandesa, al sudeste de la provincia de Tarragona.

# Capítulo 25

## Morella

En Gandesa, mi grupo y yo tuvimos que compartir el edificio de una escuela abandonada con un equipo italiano. Fue un cambio asombroso de personal y escenario, ya que llegaba la primavera después de las condiciones feroces en que había trabajado durante el invierno. Los catalanes de Gandesa me resultaron irritantes y, junto con la práctica mayoría de los integrantes del equipo, me frustraba no entender el catalán. Aunque sí me parecían muy afables y la mar de elegantes, pero tal vez demasiado amorosos.

Un respiro en la llegada interminable de heridos me permitió superar el desgaste del mes anterior, estaba totalmente desesperada, harta de la vida y de todo lo que hacía y preguntándome qué pasaba en casa, con mi madre, con Mariana, con Maribel y Luz María. Decidí que o bien me volvía loca o bien me emborrachaba, y opté por lo segundo. Bebí jerez y *brandy* hasta marearme. Cuando recobré el conocimiento escribí en mi diario:

> No me gusta pensar en lo que me estoy convirtiendo, emborrachándome tanto que a las seis de la tarde estaba ya mareada. Pasé media hora por un auténtico infierno, devolviendo de vez en cuando, con la tierra dando vueltas alrededor de mi cabeza.

Finalmente, me volvieron a dar un fin de semana de permiso. Mi tía Bee se había mudado a un palacio requisado en Épila, a treinta kilómetros al sudoeste de Zaragoza, para estar cerca de los hombres de la familia que estaban destinados por allí. Por esas fechas Touffles ya era piloto.

Llegué a Zaragoza demasiado tarde para seguir camino a Épila, con lo cual me quedé en el Gran Hotel:

> Me sentí tan avergonzada de aparecer para la cena en el Gran Hotel con mi uniforme inmundo, los zapatos reventados, las medias rotas, la cara sin maquillar y despeinada.

Cené con el destacado conservador británico Arnold Lunn, católico y ex alumno de la Harow School, que estaba en España escribiendo artículos sobre los «horrores rojos». Lunn era uno de los ingleses propagandistas a favor de los nacionales que había estado involucrado en el encubrimiento del bombardeo de Guernica.

Cuando llegué a Épila, me deleité con mi primer baño desde que visité a Mariana.

Touffles me llevó para que recuperara mi coche, que encontramos sin ventanas, matrícula, herramientas, papeles y sin mi pasaporte. El mecánico del general Kindelán me arregló el automóvil.

Estábamos en Zaragoza la noche del 10 de abril, Touffles y yo estábamos bastante alegres y definitivamente en buena forma, por lo que salimos a buscar un restaurante. Hacía un tiempo glacial y casi nos morimos de frío, lamentando no haber cogido su coche. Todos los restaurantes estaban llenos, pero finalmente después de esperar un poco, pudimos conseguir una mesa en uno y nos tranquilizamos ante una buena comida. Me sentía totalmente avergonzada por mi extraña ropa. Hablamos mucho sobre lo que haríamos después de la guerra y lo extraño de estar ahí, viviendo esa peculiar vida, como en las películas. Después de cenar decidimos ir a un cabaré, así que vagamos por callejuelas buscando los lugares frecuentados por Touffles, pero estaban todos cerrados, con severos policías en la puerta. Finalmente abandonamos toda esperanza y nos fuimos muertos de frío al cine más cercano, donde vimos una película alemana muy buena. A las dos de la madrugada finalmente me fui a dormir. Como mi único equipaje consistía en un lápiz de labios y un peine roto, ir a la cama no fue una cuestión ni larga ni complicada.

El placer de las noches interrumpidas y la limpieza era un pedacito del cielo hasta que de nuevo tuve que volver con el equipo.

Nos trasladamos al sur de Morella en las abruptas y áridas colinas del Maestrazgo, entre Aragón y Castellón. Se trataba de una linda aldea sobre una colina, con un muro a su alrededor y un castillo casi enteramente arruinado en lo alto. La localidad era un conjunto de unas pocas calles sinuosas, pero bonitas y festivas, con banderas en todos los balcones.

Era estupendo estar allá arriba, en lo alto del mundo. Había bastantes proyectiles explotando alrededor.

Estuvimos mirando, aunque todo ocurría muy lejos. Había algo de guerra aquí. El día anterior a mi regreso pasó algo divertido: los rojos contraatacaron y llegaron a una distancia de unos seis kilómetros de Morella. Luego, la aviación roja bombardeó nuestras tropas que estaban en los campos.     Yolanda vio gran parte de aquello desde el tejado, pero se metió dentro cuando llegaron los aviones, lo que fue una gran suerte para ella, ya que un trozo de aparato cayó justo donde había estado. Me supo mal haberme perdido toda esa diversión.

Enfermé en Morella, menos mal ya que en ese lugar no había nada que hacer en todo el día.

En mayo recibí una carta de mi madre animándome por una serie de artículos sobre mí en la prensa británica, me prometió un coche nuevo y una cuenta bancaria sustanciosa para cuando regresara a casa, además me dijo que me visitaría en breve.

## Capítulo 26

**La goma**

Recibí la visita de Yolanda por la noche mientras me recuperaba de la gripe y la vi bastante preocupada.

—Tengo que decirte una cosa que tiene que ver contigo —estaba desesperada, como si algo le sucediera.

—¿Qué pasa, Yolanda? Sabes que tienes plena confianza en mí para que las dos nos contemos todo.

—Verás, Felicia va diciendo que tú hablas cosas horrendas sobre mí y no entiende cómo yo todavía puedo ser tu amiga.

—¡Qué enredadora es esta chica! Debería meterse en sus asuntos —cogí de la mano a Yolanda y la miré a los ojos—. Eres mi mejor amiga y lo único que parece sentir es envidia.

Yolanda me abrazó y yo pude verla entonces más relajada y tranquila.

Dos días después nos fuimos a Zaragoza con permiso del capitán Roldán. El viaje duró cinco horas, parecía que mi automóvil nos iba a dejar en cualquier momento, pero gracias a Dios no fue así, llegamos sucias y cansadas. Estaba lloviendo y entramos mojadas y desaliñadas en el Gran Hotel sin conocer a nadie, hasta que de repente apareció mi Touffles.

—¡Ataúlfo! —le llamé con un grito de alegría, arrojándome sobre él.

—Os llevaré a Morella con mi automóvil y entregaré el tuyo a mi chofer para que lo arregle. Aquí en Zaragoza con este tiempo no hay nada que hacer —me desilusioné tanto que nos sentamos a esperarlo mientras nos tomábamos un coñac.

Morella era el peor y más aburrido sitio del mundo, sin una sola cosa que hacer en todo el día. Hacia las doce muchos bombarderos pasaron volando muy bajo, acompañados por enjambres de cazas. Los vimos bombardear lejos, entre las manchas de humo negro del fuego antiaéreo. Pero estaban todos tan lejos que no tenía mucho interés, hacía un viento terriblemente frío, por lo que me volví adentro.

Acabábamos de comer cuando Mercedes Milá vino a ver cómo iban las cosas, estábamos el capitán Roldán, Yolanda y yo. Nos saludó con un beso, «cosa rara en ella»…

—Me gustaría proponer a Pip y a Yolanda el Mérito Militar con distintivo rojo —dijo Milá mirando a Roldán.

Nosotras estábamos emocionadas, ya que es la mejor medalla que una mujer podía obtener. Nos pusimos a bailar de la alegría.

—Lo estudiaré —dijo secamente el malhumorado capitán Roldán.

Parecía muy dudoso que Roldán lo hiciera, dado que había demasiado favoritismo alrededor y él no podía proponer a las otras dos, que pasaron el rato sentadas en los refugios. Finalmente la medalla nos la darían en 1939…

El día siguiente fue un día para olvidar, cuando regresé del hospital Yolanda estaba en mi habitación llorando.

—¿Qué te pasa, Yolanda, de nuevo Felicia?

—¡No!, me estaba rascando la oreja con uno de mis pequeños lápices y la goma se me ha quedado dentro, he intentado sacármela con una horquilla pero la he introducido aún más adentro.

—¡Pero a quién se le ocurre rascarse el oído con el lápiz! —recapacité, pues Yolanda lo menos que quería oír era una reprimenda mía.

—Vamos a ver si Roldán puede sacarte la dichosa goma del oído.

El capitán Roldán dormía y le pedimos a Pepe que lo hiciera él, pero le propinó un pinchazo bestial que dejó a Yolanda completamente destrozada. Traté de consolarla sin éxito.

Pepe llamó a Roldán y muy amablemente intentó sacar la goma pero tampoco pudo.

—Tendrás que ir mañana a Zaragoza y que te vea un especialista para que él pueda sacarte esa molesta goma, Pip, ¿puedes llevarla tú?

—Sí, por supuesto.

Llegamos al Hospital de la Cruz Roja y preguntamos por el médico de guardia al cual le explicamos el asunto. Era un hombre bastante agradable y animado, echó una ojeada a la oreja, pero por supuesto no pudo ver nada. Entonces nos recomendó un especialista del oído, a quien llamó para decirle que íbamos. Era la persona más despistada que nunca había conocido.

—¿De dónde venís?

124

—De Morella —nos miró muy sorprendido.

—¿Ya la han tomado?

—Es nuestra desde hace ya dos meses.

El médico especialista hizo sentar inmediatamente a Yolanda, introdujo la trompetilla y allí estaba la goma, justo al final, visible. Realizó seis o siete intentos de sacarla pero sin ningún resultado, mientras la pobre Yolanda se retorcía en silenciosa agonía.

—Lo único que puedo hacer es darte cloroformo, pues la goma está atascada en el tímpano y nadie puede soportar el dolor cuando se toca.

—No.

—Por favor, Yolanda, es lo mejor que puedes hacer —mirando al médico asintió con la cabeza muy dolorida.

Nos metimos en una elegante sala de operaciones. Después de un rato, cuando los doctores pararon de chismear, Yolanda se estiró en la mesa y el anestesista empezó su trabajo. Al principio ella retenía mi mano y respiraba con normalidad, pero una vez estuvo semiinconsciente empezó a gritar, a gemir, su respiración se redujo bastante y comenzó a resistirse de tal modo que tuvimos que sujetarla. A pesar de que estábamos el especialista, un joven practicante, el anestesista, una monja y yo, consiguió sacarse la máscara y sentarse, aturdida, haciendo extraños comentarios acerca de que la lleváramos en una camilla. Después de unos diez minutos sujetándola entre todos, gritándole que respirara pues se le ponía cara morada, por fin se durmió profundamente. Yo estaba muy asustada, pues cuando Yolanda ya estaba dormida el médico dijo que no sabía si sería capaz de sacarla y que, en tal caso, tendría que hacer una intervención detrás de la oreja. Mi alivio fue colosal cuando por fin sacó la pequeña goma.

Al cabo de un rato se despertó, completamente perdida, como si estuviera borracha. No podía hablar con propiedad e insistía en preguntarme qué le había dado de beber, ya que se sentía bastante mareada.

# Capítulo 27

## La denuncia

A mediados de mayo todavía estábamos en Morella. Fue una de las peores semanas que pasé en el equipo. Todos parecían estar contra Yolanda y contra mí. La pobre Yolanda ha estado en cama cuatro días y sólo se levantó esa mañana. Yo estaba terriblemente preocupada porque los otros creían que pretendía hacerse la loca. Sabía que sufría de una fiebre aguda pero no podía lograr que la creyeran, le tomaban el pelo y eran tan fastidiosos como podían. Hasta casi le doy una paliza a Felicia, que ha estado pesadísima, poniéndose en evidencia y pretendiendo hacer ver que ella había hecho todo el trabajo. Con Yolanda en cama tenía que quedarme despierta hasta las dos de la madrugada de guardia y levantarme a las siete, mientras que Felicia venía a las nueve y media y se iba a cenar después. A pesar de ello todo el mundo la adulaba.

El 19 de mayo tuvimos que trasladarnos todo el hospital con las fuerzas nacionales que avanzaban acercándose a la provincia de Castellón, al pueblo de La Iglesuela del Cid. Cuando llegamos allí, Roldán nos alojó a Yolanda y a mí en una mazmorra muy sombría al lado del quirófano. Sin embargo al día siguiente pude irme de permiso para ver a mi madre, que había llegado con mi hermano John a la casa de mi tía Bee en Épila.

Cuando llegué, mi madre se tuvo que esperar para verme hasta que me desinfectaran y me despiojaran, mientras oía hablar a mi tía y mi madre.

—¡Qué horrores está viviendo mi hija en España! —dijo mi madre.

—Te prometí, querida Margot, que la cuidaría como si de mi propia hija se tratase y si tuviera una hija sin lugar a dudas estaría en el frente.

Mi madre y mi hermano se quedarían unos días, lo que parecía muy poco tiempo. Pasábamos siempre el día en Épila, aunque a veces íbamos a Zaragoza, donde compartía habitación con mamá, por la noche, en el Gran Hotel. Estábamos muy holgazanas y contentas. Mi madre me trajo cartas de toda la familia, montones de cotilleos y los recortes de prensa referidos a mí, que eran divertidos. Por las mañanas, tomábamos el desayuno en la cama. Le expliqué todo lo que he estado haciendo aquí, cómo era, la clase de trabajo y la confusión general hasta que, para mi gran sorpresa, me pidió que parara de contarle tantos horrores o iba a enfermar. Ella me contó todas las habladurías familiares y los escándalos de Londres, y a partir de entonces se puso seria.

—Mariana no debe salir de España, está en búsqueda y captura. Pelayo la ha denunciado a Scotland Yard.

—¿Cómo? —me puse las manos en la cabeza—, sabía que teníamos que denunciar a ese hijo de puta antes de marcharnos de Londres, si es él quien tendría que estar en prisión por los abusos y maltratos que ha recibido Mariana.

—Ya lo sé, hija, pero Mariana abandonó a su marido y a un hijo al que no llegó a conocer.

—Se lo tendremos que contar antes de que la orden pase fronteras —dije desesperada y con mucho miedo por lo que le pudiera suceder a Mariana, ya que para mí era como mi segunda madre.

—Sí, será lo mejor —me convenció mi madre.

Nuestros días en Épila fueron tranquilos y agradablemente perezosos. Algunas veces cenábamos allí y otras en Zaragoza, donde me encontré con Peter Kemp, el apuesto inglés que vi hace siglos en Salamanca. Se había unido a la Legión Extranjera y era alférez. Me llevó a cenar una noche. Fuimos a un extraño y pequeño restaurante detrás de la catedral del Pilar, encima de un garaje, estaba lleno de moros y soldados, y yo era la única mujer. Volvimos al hotel hacia la medianoche y nos sentamos a beber algo.

—Voy a contarte una historia muy triste, para que veas lo que me hizo hacer mi coronel. Un día un inglés se pasó manifiestamente a nosotros desde las líneas rojas. Fui a hablar con él, se trataba de un marinero. Había ido por tierra a Valencia y se emborrachó. No podía escapar, así que se lo llevaron al frente en camión. El pobre marinero tenía la esperanza de que sería devuelto a casa y así se lo expresé al capitán, quien opinó que sonaba correcto, pero que tendría que preguntar al teniente coronel sobre su liberación.

—¿Y qué te respondió? —le corté la conversación sin querer.

—Me dijo que le disparase, así sin más, solo una palabra, *dispárale,* pero yo me quedé boquiabierto y el coronel se enfadó y me volvió a repetir que le disparase o él mismo me dispararía a mí.

—¡Pero…eso es cruel, inhumano!

—El teniente coronel mandó a un oficial para que me acompañara y cerciorarse de que lo hacía, con órdenes al oficial de dispararme en caso contrario. Así que me llevé al pobre marinero inglés a un prado. El hombre se dio cuenta de lo que estaba pasando y me preguntó si le iba a disparar, a lo que respondí que sí. El marinero me respondió: «Caramba, eso es muy duro». Entonces le dije que si quería morir apropiadamente caminara con calma delante de mí. Así que el marinero me estrechó la mano, diciéndome: «Gracias de todos modos», se giró, caminó y… le disparé. Algo espantoso. Tener poder, especialmente sobre vidas humanas, nos vuelve horribles.

Le abracé en silencio y le dejé bebiendo solo mientras fui a despedirme de mi madre y de mi hermano, que se marchaban al día siguiente hacia San Sebastián.

La consigna de Franco era fusilar a todos los extranjeros capturados. Se anuló el 1 de abril de 1938, cuando necesitó prisioneros para canjearlos por los cuatrocientos noventa y siete italianos capturados en Guadalajara.

# Capítulo 28

## Convalecencia

Llegué a pensar en abandonar el hospital debido a las constantes humillaciones a las que el capitán Roldán nos sometía a Yolanda y a mí. Pero gracias al trabajo logré evadir mi mente. Participé en la operación de una niña de doce años que estaba jugando con una granada y le explotó.

No podía ver a los niños sufrir. Tenía sangre de los pies a la cabeza, todo su cuerpo era una masa de quemaduras y heridas superficiales, tuvimos que operarle las dos rodillas y amputarle un brazo por encima de la muñeca, pues la granada le había arrancado la mano de cuajo, amputarle el dedo pulgar de la otra mano, o lo que quedaba de él, ponerle puntos en dos agujeros en la frente y en un lado de la cara. Además, sufría una ceguera temporal en un ojo y otra permanente en el otro.

Mejoró bastante después de la operación, pero aún se quejaba y gritaba todo el día, pues tenía unos dolores terribles.

Esos días de junio tuve fiebre, llegué a los cuarenta grados, y me mandaron a descansar al palacio de Sanlúcar de Barrameda junto a Mariana.

Cuando nos vimos nos dimos un gran abrazo y lloramos. La pequeñita Maribel había crecido mucho y estaba muy guapa.

—Mariana, tengo que darte malas noticias, mi madre me dijo que Pelayo te denunció y Scotland Yard te está buscando.

—¡Ese malnacido!

—Me voy a marchar a Londres un mes, por eso he hablado con la madre superiora y te irás a vivir con ellas hasta que lo pueda solucionar, hablaré con Franco para que pueda haber un juicio justo y te puedas defender de las barbaridades que Pelayo cometió contigo, aunque estando la guerra de por medio…

Me marché de la casa intranquila, dejando a Mariana desesperada junto a su pequeñita en brazos y Luz María que no sabía nada de lo que le dije.

…

Llegué a Inglaterra exhausta. Pasé seis semanas recuperándome principalmente en Chirk y poco tiempo más en Londres. Asistí a la lujosa boda de mi hermana Gaenor con Richard Heathcoat, el 18 de julio. Fui la primera de las ocho damas de honor trajeadas con vestidos al estilo antiguo de gasa blanca, con corpiños de escotes con forma de corazón y mangas cortas y anchas con cinturones estrechos de cintas de plata, y tocados con flores blancas con lazos de encaje azul, lo que por supuesto no tenía nada que ver con la sangre, el horror y la suciedad del frente.

Partí de vuelta hacia España el 19 de agosto de 1938, acompañada por Yolanda, que había ido a visitarme a Londres. Viajamos por mar con dieciséis piezas de equipaje, incluidos dos cajones de embalaje. Me sentía animada porque una adivina me había pronosticado que en seis semanas estaría prometida en matrimonio. «Espero que esté en lo cierto, porque es exactamente lo que me propongo», pensé.

Fue un viaje lento y aburrido hasta Gibraltar, ante la posibilidad de ver a mi tía Bee y recoger un coche nuevo, muy grande e impresionante, con tapicería de cuero negra y marrón clara, además de todos los complementos. Mi antiguo coche, ya sin ruedas, tuvo un final trágico en Épila, cuando el tejado del garaje se derrumbó sobre él.

Pasé algún tiempo con mi tía Bee y contando con que vería a Touffles me alegré. De camino a Épila, nos quedamos en la antigua ciudad romana de Mérida, en Badajoz. Estaba repleta de aviadores que aguardaban en tierra por la contraofensiva menor de la República en Extremadura: «Me encanta estar aquí de vuelta. Adoro ver a todo el mundo de uniforme y una vaga atmósfera de guerra».

# Capítulo 29

## Desolación

En mi ausencia, mi tío Ali había sido ascendido a coronel y ahora estaba al cargo de la recién creada II Brigada Aérea Hispana, que estaba a punto de entrar en acción en el frente del Ebro.

Me dijeron que mientras me hallaba convaleciente en Inglaterra los ejércitos republicanos emprendieron la mayor ofensiva de la guerra: la batalla del Ebro. Para aliviar la presión sobre Valencia los republicanos cruzaron el Ebro el 24 de julio. El avance inicial fue una sorpresa, pero la ofensiva se atascó cuando fracasó la toma de Gandesa y Bot. Fue una dura lucha de ciento quince días, ya que los nacionales pelearon mucho hasta poder recobrar las colinas capturadas por los republicanos.

Los nacionales tuvieron dominio total del aire con trescientos aviones, el fuego de artillería pesada y los bombardeos aéreos precedieron a los ataques de infantería. Las bajas fueron las más importantes de la guerra, con alrededor de seis mil nacionales muertos.

Yo estaba muy preocupada ante la perspectiva de una guerra en Europa.

A finales de agosto mi tía Bee me dijo que Ataúlfo se iba a presentar con un alemán, no sabíamos cuándo llegaría y pasamos toda la tarde esperando en el salón, mirando todos los coches que pasaban y oyendo el gramófono. Por fin llegó, era él.

En la cena no paraba de hablar, mis ojos eran solo para él. Seguía tan guapo…

—Madre, tengo un permiso de quince días y voy a irme al sur —dijo Touffles; casi me morí de ganas de acompañarle, pero no me atreví a decirle nada hasta que…—. ¿Quieres venir conmigo, Pip?

—Sí —le respondí entusiasmada al ver como mi tía asentía con la cabeza.

Después de cenar me fui a la habitación y escribí emocionada en mi diario:

> Realmente debo casarme con ese hombre, pero parece que por momento mi suerte no va por esos derroteros, aunque si llevo esperando cuatro años supongo que puedo esperar más.

Dos días después ya estábamos en Sevilla y me sentía en la cima del mundo, intrépida e indomable. Simplemente sabía que cualquier cosa que llevara a cabo sería estupenda. Nunca en mi vida había estado tan contenta y más loca. Estuve en la cama hasta las ocho y media, cuando mi Touffles me telefoneó desde su habitación para darme los buenos días. Me levanté y estaba ya casi lista cuando llamó de nuevo diciendo que bajaba. Los tres desayunamos juntos. Su amigo el alemán, Touffles y yo. Durante la mañana paseamos por Sevilla en automóvil. También visitamos la Casa de Pilatos, donde viven los Medinaceli. El portero nos dejó entrar y dimos una vuelta. Ya la había visto antes, es una casa fantástica, mora, con estatuas griegas y romanas.

Debían de haber pasado dos años desde la última vez que sentí tal tranquilidad y confianza en la vida, pero de nuevo el destino lo truncaría todo.

Desafortunadamente, mientras conducía de Sevilla a Málaga todo terminó.

—Quiero que sepas que tu madre ha intentado casarme con tu hermana Elisabeth —me quedé petrificada—, y me llamó «mariquita» en cuanto puse reparos; además le dije que, después de que muriera mi hermano Alfonso, le prometí a mi madre que solo me casaría con una princesa.

Una frase tan simple y todas las esperanzas y los cimientos de mi vida quedaron destruidos, me quedé hundida. Hasta que dijo eso, no me había dado cuenta de lo mucho en lo que había basado la posibilidad de casarme algún día con él.

Estaba angustiada e intenté armarme de valor para hacerle una pregunta a Touffles, si su respuesta era afirmativa, entonces intentaría que mi tía Bee le liberara de la promesa, pero si su respuesta era negativa no intentaría seguir adelante con mi vida.

Llegamos a Torremolinos, en aquel tiempo un pueblo pesquero apartado y precioso. Al día siguiente, conduciendo hacia Málaga para ir de compras me armé de valor y le hice la fatídica pregunta.

—¿Tú me quieres, Touffles? —pregunté sin más.

—No, Pip, no de la forma que tú querrías, no estoy enamorado de ti —me lo dijo serio y lo peor es que decía la verdad.

—Lo sabía. Solo quería saber exactamente cómo estaban las cosas. Por favor, olvida que te lo he preguntado.

Entonces mi educación aristocrática acudió al rescate y volvimos a hablar amigablemente de banalidades.

Así acabaron todas mis esperanzas, mis anhelos y mis ambiciones.

De vuelta en el hotel de Torremolinos, me derrumbé y lloré con la sensación de que se había terminado el mundo.

Pasé el día con mis amigos poniendo buena cara. Decidí utilizar mis recursos de autocontrol para disimular mi desesperación y evitar que peligrara la amistad con Touffles, bueno Ataúlfo, porque a partir de entonces le volvería a llamar Ataúlfo.

Al final del día volví a escribir en mi diario:

> Hoy ha sido el día más largo y triste de mi vida. Nunca más voy a darle a la vida otra oportunidad de golpearme.

No obstante, al día siguiente mi optimismo irrefrenable volvió a brotar y decidí —estúpida de mí— mantener la esperanza mientras Ataúlfo estuviera soltero:

> No voy a deprimirme ni a tomarme la vida tan en serio y tan a pecho. La vida puede golpearme todo lo que quiera, pero yo seguiré riendo y fingiendo pase lo que pase.

La crisis de Múnich dio pie a hablar de una guerra europea. Refuerzos británicos estaban llegando a Gibraltar y se estaban reclamando a los camaradas alemanes de Ataúlfo para que volvieran a Alemania. En semejante compañía, me sentía inclinada a culpar a Gran Bretaña. Junto con el revés emocional, la ambigüedad de mi posición política me dejó confundida y triste. Con las vacaciones de Torremolinos acabadas, Yolanda y yo regresamos a Zaragoza y a Épila en un viaje accidentado, acompañadas por dos curas flatulentos. Las noticias constantes de la determinación de Hitler de tomar los Sudetes no contribuyeron a animarnos, y mi infelicidad se vio acrecentada cuando Juan Antonio Ansaldo me instó directamente a que me casara con Ataúlfo cuanto antes. A pesar de mis esfuerzos por permanecer estoica, estaba profundamente triste. Quizás, intentando justificar que me había dicho que no me amaba, Ataúlfo estaba dando rienda suelta a su lengua viperina. Las considerables burlas de Ataúlfo me hacían sentirme pequeñita.

> Dios, cómo odio a Ataúlfo a veces. ¿Por qué, en el nombre del cielo, tuve que enamorarme de un canalla como él? Ahora quiero casarme y no puedo porque simplemente no podría casarme con otro. Quiero tener un montón de niños y no puedo. Ni siquiera puedo tener una aventura para desahogarme.

La situación se hizo tan insostenible que estaba desesperada por volver al frente.

# Capítulo 30

## Envidia

La vuelta al frente se nos complicó por una petición de certificados de notas y pruebas de servicios previos. No obstante, Yolanda y yo continuamos hacia Castellón, que estaba cerca del frente de Valencia. Allí contactamos con Roldán y conseguimos los certificados de servicio en su equipo. Entonces encontraron una vacante en un hospital de Calaceite en el frente del Ebro.

El 26 de septiembre escuchamos por la radio un discurso de Hitler a los checos dándoles hasta el 1 de octubre para capitular. Duró dos horas. Me pareció por entonces bueno y moderadamente preocupante. De nuevo la situación me deprimía. Estaba acompañada por franquistas que luchaban junto a las unidades alemanas e italianas:

> Si hay una gran guerra, estoy absolutamente perdida. No puedo quedarme aquí y no voy a luchar con Francia contra Alemania.

Contemplé la posibilidad de guerra.

> Solo Dios sabe lo que haré si estalla una guerra. Supongo que tendré que irme a casa, pero qué infierno será tener que estar en el lado

equivocado y no recibir noticias de Touffles y del resto de la gente de aquí.

Yolanda y yo empezamos a trabajar en Calaceite a finales de septiembre. Había poca actividad en el hospital y al principio no me gustaban las otras enfermeras, unas tipas lúgubres. Los heridos parecían estar aquejados principalmente de arañazos en los dedos de las manos y de golpes en los pies. Ansiaba ponerme a prueba y sentirme útil. El director de mi equipo, el teniente Magallón, me gustaba bastante, aunque todavía seguía deprimida por Touffles.

Los turnos de veintinueve horas eran muy habituales. Me iba gustando más y más, pues me estaba acostumbrando a saber qué hacer y a aprender cómo se llamaban todas las medicinas, las pomadas, las inyecciones, etc., además de sus distintos usos.

A principios de octubre, durante un descanso por la mañana, repentinamente entraron dos soldados con una pobre criatura cubierta de vendajes sangrientos que gritaba muchísimo. Solo tenía cuatro años, era un chiquillo bien formado. Como de costumbre, estaba jugando con una granada de mano y le explotó. Era una visión terrible, verdaderamente una de las cosas más horrorosas que había visto: su cara estaba completamente destrozada, no tenía ni ojos ni nariz. Era simplemente una masa de suciedad y carne cruda con un tajo en la boca. Un brazo estaba cortado más abajo del codo y el otro, herido por todas partes, con los dedos hechos trizas. Ambas piernas estaban también llenas de agujeros, lo mismo que el pecho. No había nada que hacer, así que sencillamente lo limpiamos un poco y lo vendamos. Permaneció en la mesa de operaciones, gimiendo y retorciéndose durante el resto de la mañana, mientras esperábamos que llegara la ambulancia y se lo llevara a Alcañiz para operarlo. Al poco rato apareció su madre, una mujercilla fea y campesina con lágrimas bañando su rostro.

—¿Mi hijo está bien? ¡Quiero verlo!

—Ven, te llevaré con él —asumí el control de la situación y solo con la mirada el teniente Magallón entendió que yo le daría la mala noticia sobre su hijo— lo tenemos en quirófano.

Cuando la mujer entró y vio a su hijo envuelto de gasas sangrando se echó encima de él.

—¡Carlitos, hijo mío!, no te mueras.

Ya nada se podía hacer por él, desgraciadamente pero por fortuna estaba muerto. Era lo mejor que le podía pasar. Yo misma le preparé para que fuera sepultado y consolé a la madre. El tipo de cosas que yo detestaba tener que hacer.

Magallón me prometió que en operaciones de poca importancia me turnaría con Yolanda para ayudar. Estaba encantada, tenía muchas ganas de aprender. Era solo cuestión de práctica, como todo lo demás. Magallón era un doctor angelical. Me ayudaba y me enseñaba todo el rato y estaba siempre de buen humor. Reíamos, bromeábamos y cantábamos todo el tiempo. Me tomaba el pelo sin piedad sobre mi tamaño, pues volví a engordar enormemente. Y yo le tomaba el pelo sobre su estatura, dado que era muy pequeño. Mucho más pequeño que yo.

Días más tarde, Maruja, una de las enfermeras, estaba difundiendo cotilleos sobre mi relación con Magallón para promocionar la carrera de su propio amado, un tal doctor Torrijos. Mi relación con Magallón era absolutamente inocente, aunque yo sabía que él estaba loco por mí.

Enfermé gravemente de una infección de hígado y pasaron diez días dantescos, pero el doctor se encargó personalmente de mis cuidados, sentándose a mi lado en la cama para acariciarme la cara y el pelo. Entonces el frente avanzó. Franco pasó por Calaceite para dirigir la contraofensiva nacional de la batalla del Ebro que lanzó el 30 de octubre de 1938.

Mi salud era todavía causa de preocupación. Además de los problemas de hígado y disentería, presentaba una tos persistente que hacía sospechar a Magallón que tuviera tuberculosis. También tenía abscesos en las piernas y en el trasero. Yolanda amenazaba con escribir a mi madre para que viniera a recogerme.

La relación que mantenían Maruja y el doctor Torrijos hizo que escribiera maliciosamente en mi diario:

> Romance en un hospital entre un esqueleto de gelatina y una marrana de tomo y lomo.

Magallón se pasaba la vida haciéndome cosquillas, admito que las hacía muy bien, con un uniforme y un delantal almidonado no podía ir muy lejos si eso es lo que quería. Aunque no pasaba de eso, los chismosos del hospital disfrutaban inventando historias más procaces. Maruja en particular estaba decidida a echar a Yolanda y a mí del hospital y causar problemas a Magallón sin que lo supiéramos.

El día 9 de noviembre nunca lo olvidaré. A las cuatro de la tarde estábamos Yolanda y yo trabajando cuando Margarita, otra de las enfermeras, vino a buscarnos.

—Ha venido Mercedes Milá y me ha dicho que os diga que vayáis inmediatamente a la casa —me quedé muerta, no esperábamos su visita y nos pusimos nerviosas.

Mercedes se nos echó encima, hecha una furia.

—¿Qué demonios estáis haciendo en este sitio? Yo no os dije que vinierais aquí. Ahora haced las maletas y marchaos de aquí —nos reprendió duramente delante de todos.

Yo estaba lívida, dado que todo era una tontería.

—Queremos quedarnos aquí hasta que encontremos un equipo —le dijimos resueltamente.

—De acuerdo.

Sin embargo luego resultó ser que había más de lo que parecía. Se instaló en un rincón para tener una larga charla con Maruja, aunque fue esta quien habló la mayor parte del tiempo. Entonces, Mercedes se llevó a Yolanda aparte y comenzó evidentemente a reñirla. Después de un rato me uní a ellas. Yolanda estaba furiosa.

—Tú te puedes quedar, pero ella debe marcharse —refiriéndose a Yolanda.

Todo era por las malditas historietas que se habían inventado sobre nosotras desde que llegamos aquí. O Maruja le había escrito para explicárselo o le acababa de contar que nos comportábamos mal, que Yolanda era una borracha, etc.

—Déjenos quedarnos juntas —le rogué a Milá—, juro que todo lo que se habla de Yolanda y sobre mí es absolutamente falso. Pregunte a cualquiera de los médicos o que las enfermeras repitan lo que le han dicho delante de nosotras.

No sé cómo me aguanté para no revelar que Maruja vivía con Torrijos. De cualquier modo, después de una conversación larga y dolorosa, Milá nos dio una buena noticia:

—Está bien, podéis quedaros las dos.

Por lo menos tuve la satisfacción de ver que antes de marcharse reprendía a las otras por haber bailado, y acercándose a Maruja le dijo:

—Que no vayan a ninguna comida o cena en uniforme y con lo de fumar ya sabes…

—Qué cerda eres, Maruja —dije susurrando, mirándola con odio.

Luego, hablando con Magallón, Yolanda descubrió que cuando empezaron estos jaleos Maruja le dijo a Magallón que le daba veinte horas para sacarnos del hospital, y que si no lo hacía que tuviera cuidado.

De nuevo escribí en mi diario sobre Maruja:

Por qué la ha tomado con nosotras, no puedo entenderlo, excepto que Yolanda no tuvo el tacto suficiente al principio, al decir que creía que

Torrijos era un trapo muy sucio, que lo es, doy por supuesto que la gente es proclive a pensar que soy una espía. De cualquier forma ella se moría de ganas de librarse de nosotras y ya ha hecho dos intentos. Cerda asquerosa. Debo estar malditamente desilusionada de encontrarnos todavía aquí esta noche. Dios, estoy harta de jaleos y complicaciones. ¿Por qué no puedo asesinar dolorosamente a Maruja? ¿Y por qué,¡oh!, por qué he venido aquí? ¿No será alguna vez la vida divertida de nuevo, por muy duramente que una trate de disfrutarla? Dios, odio las guerras y todo lo que comportan.

# Capítulo 31

## El beso

Mientras reflexionaba escribiendo en mi diario sobre la maldad de Maruja, recibí una carta de Ataúlfo en la que me pedía que fuera a Épila. Por un momento mi ánimo empezó a mejorar, pero al reflexionar sobre la insensatez de ir a verle, volví a sumirme en la depresión.

—¿Por qué demonios me tuve que enamorar de un mierda tiranizado por su madre, de ojos saltones y con la nariz roja?

Me sentía frustrada y con más furúnculos y abscesos.

> Supongo que dentro de poco tendré que coquetear con Magallón. Sería tan agradable tener un roce sexual, aunque no estoy segura de que se quedara con un simple roce. Aunque en realidad no se le pueda hacer muchas cosas a alguien sabiendo que tiene el trasero cubierto de bultos.

Al menos, la guerra de guerrillas con Maruja cesó con la llegada de una nueva enfermera jefa llamada Isabel, amiga íntima de la madre de Yolanda, que resultó tener mucha experiencia pero también ser de un rigor puritano.

El día antes de cumplir veintiún años me divertí con el manoseo y las cosquillas de Magallón, sobre todo cosquillas aunque también hubo sesión de manoseo. Era ardiente, aunque bajito, había que admitir que los médicos sabían lo que hacían. Mi cumpleaños fue triste, el único correo que me llegó fue un telegrama de mi madre. Nuestra vida se volvió más deprimente después de una reprimenda de Isabel, pues nos ordenó que no fumáramos, ni bebiéramos, ni dijéramos tacos, cantáramos, ni fraternizáramos con los médicos.

—Más vale que me meta a monja, no es mi forma de ser —le dije a Yolanda en nuestro merecido descanso— no puedo evitar el haberme criado con mucha libertad… me saca de quicio que me espíen, me sigan y me traten o bien como una niña o como una maldita furcia a la que se debe reformar. Estoy dispuesta a comportarme como una monja desde las ocho de la mañana hasta las nueve de la noche, pero por lo menos espero tener algo de diversión después.

Desesperada por la estrechez de miras que me rodeaba, me alegré con la visita de Ataúlfo y mi tía Bee, que trajeron jamón, queso, bombones, vermú, brandy, revistas y correspondencia. Ataúlfo se portó lo bastante bien conmigo como para empezar a suspirar por él de nuevo.

> ¿Por qué, por qué no se da cuenta ese bobo de que está tan enamorado de mí como algún día pueda estarlo de otra persona? Mi hermana pequeña está casada y va a tener un hijo, ¿por qué demonios no me puede pasar lo mismo a mí?

Pero no puede ser, eso es lo que hay, no tengo más remedio que aguantarme.

En la tercera semana de noviembre el hospital tuvo que ser trasladado de nuevo hacia una casa de campo, en algún lugar al norte de Lérida. La casa era un enorme edificio en Monte Julia, en las desiertas colinas cerca de Tremp.

Yolanda y yo nos volcamos en acondicionarla como hospital, reuniendo asistentas en los pueblos aledaños y requisando muebles de casas abandonadas.

Como consecuencia de mis diversas enfermedades estaba adelgazando mucho. Por otra parte, haciendo caso omiso de los mandatos de la enfermera jefa, Isabel, seguía flirteando con Magallón, pues estaba segurísima de que estaba enamoradísimo de mí. Aunque Isabel sospechaba con razón de mi o nuestra relación, nunca me dijo nada.

A los pocos días me arrepentí infinitamente de mi devaneo con Magallón e intenté terminar con él discretamente.

Después de obligar a los ejércitos republicanos a atravesar el Ebro, Franco atacó Cataluña el 23 de diciembre. La resistencia republicana, como en la ofensiva de Aragón, se derrumbó.

Ese día de diciembre me fui en coche a Épila e inmediatamente empecé a sentirme mejor. Fui a una peluquería de Zaragoza y pasé el rato con Ataúlfo, por poco tiempo pude dejar atrás los horrores del hospital.

El día de Navidad se organizó totalmente a la inglesa, con pavo, pudín de ciruela y un árbol con lucecitas, pero me deprimía ser una extraña en los festejos de otra familia, a pesar de la hospitalidad de los Orleans.

Recibí una carta de mi madre que me puso triste al leerla, en la que me contaba una conversación que mantuvo con mi tía Bee en Londres. Era una explicación de la familia Orleans sobre la reticencia de Ataúlfo a casarse conmigo:

> La princesa Bea te tiene muchísimo cariño, pero el príncipe Ali tiene las miras puestas en la realeza y que Ataúlfo no estaba enamorado de ti porque te conocía demasiado bien, aunque te tenía más cariño que a cualquier otra persona.

A pesar de que volvían a asegurarme que era inútil tener esperanzas, mi optimismo inagotable volvió a brotar:

> No puedo reprimir mis sentimientos, a no ser que pase algo inesperado, voy a seguir esperando hasta el día en que se case con otra. Al diablo con las esperanzas, tengo mucha paciencia y ningún otro deseo en la vida al que entregarme.

El 31 de diciembre de 1938 creo que fue una de las Nocheviejas más felices que había pasado y creí que el año iba a continuar de la misma manera, pero me equivoqué. Estábamos empezando a comer el pudín de Navidad cuando llegó Ataúlfo. Todos estaban muy contentos de tenerlo de vuelta, pues toda la familia estaba reunida, excepto él y mi tío Ali que había venido expresamente de Fraga por la noche. Ataúlfo tenía sueño, según él debido a demasiada cerveza. Su gente llevó a cabo cuatro vuelos, con numerosos ataques antiaéreos. Exhaustos, con los nervios destrozados, habían decidido esperar a que llegara el Año Nuevo antes de irse a dormir. Después de la cena jugamos a cartas hasta las doce menos cuarto. Hacia las doce bebimos ponche y oímos unas muy buenas noticias bélicas en la radio, lo que hizo sentirnos alegres. Nos bebimos el ponche a nuestra salud y abrimos la ventana para dejar que entraran el Año Nuevo y mucho aire frío.

Pusimos algo de música de baile en la radio y encendimos todas las luces del árbol de Navidad. Ataúlfo se puso a bailar conmigo y los otros siguieron nuestro ejemplo. Bailamos, hablamos, reímos y pasamos un buen rato. No había bailado desde que estuve en Sevilla, hacía cuatro meses. Ataúlfo me besó por primera vez desde que le conocí. Finalmente me fui a la cama, me sentía cansada, mareada, con dolor de cabeza, aunque bastante contenta.

El 2 de enero de 1939, Yolanda y yo estábamos de vuelta en Monte Julia, donde no había heridos, ya que el avance nacional había sido muy rápido en dirección hacia Barcelona.

# Capítulo 32

## La ofensiva final, Cataluña

Magallón, enfermo de mal de amores, se había echado el farol con su mujer, Sonia, de que se había acostado conmigo. A su vez Sonia se había enterado por Yolanda de que no era verdad. Entonces ésta quería que yo me enfrentara a él, aunque no veía de qué serviría tener una disputa.

Escribí con calma excesiva en mi diario:

> De buena gana le colgaría si no fuera porque le tengo cariño a su mujer y no veo por qué he de hacerle daño sólo por cuestión de orgullo. Dios, qué cerdos son los hombres. El problema es que el muy bestia es muy capaz de enfadarse e ir por ahí con ese cuento. Me gustaría tranquilizar a su mujer diciéndole que me parece un chulo enano, feo, baboso y obsesionado por el sexo para que no tenga nada que temer. También me gustaría decirle a él lo que pienso y advertirle que si sale una sola palabra de su boca me voy derecha al teniente coronel.

Decidí consultarlo con la almohada. De hecho, no hice nada. En cualquier caso, estaba demasiado ocupada con la noticia mucho más emocionante de que mi tía Bee y mi tío Ali se iban a mudar a Monzón, a 48 kilómetros al noroeste de Lérida, y apenas a media hora en coche. Mi tía Bee me pidió que la ayudara con la mudanza y también que la acompañara en una inspección al frente.

Estaba aún más encantada por las noticias sobre la guerra:

> Nuestro avance simplemente va disparado hacia Tarragona, cada día es mejor que el anterior.

Cuando partí con mi tía Bee, los nacionales ya habían conquistado Tarragona y Reus. En Mora de Ebro escribí sobre mi satisfacción ante la velocidad del avance en Cataluña:

> El número de prisioneros que se toman a diario es colosal y apenas hay combates y heridos, especialmente por aquí.

Nos dirigimos en mi coche a Reus por tranquilas veredas a través de las colinas ocres salpicadas de olivos y almendros. Mi viaje idílico no se correspondía con el hecho de que estuvieran solo un par de días por detrás de las fuerzas de Franco. Cuando alcanzamos a las tropas que marchaban sobre Barcelona, empecé a registrar unos detalles fascinantes. En una fábrica, todos los trabajadores y sirvientes daban la bienvenida con placer al dueño que regresaba. Las carreteras estaban atiborradas de tropas en grupos de unos cincuenta, cada uno con su bandera, cientos y cientos, sucios, sin afeitar, con pistolas, con el petate y las mantas a cuestas, todos terriblemente cansados, ya que habían hecho una media de treinta kilómetros diarios durante tres días:

> Es divertido ver las grandes ciudades recién tomadas, el Auxilio Social distribuyendo pan desde los caminos, los hombres pegando carteles en contra de los rojos y con «Arriba Franco» por todas partes, la gente limpiando las calles de escombros, poniendo los cables de teléfono, buscando casas, hospitales y oficinas.

Por desgracia, se echaba en falta la diversión de una población encendida por la alegría ondeando banderas y pasándolo en grande, ya que todos los catalanes son rojos.

A pesar de la comodidad de viajar como la compañera de la princesa Bea, tomé la valiente decisión de unirme al equipo médico del cuerpo del Ejército marroquí. Suponía arriesgarme a disgustar a mi tía y renunciar a la posibilidad de encuentros frecuentes con Ataúlfo.

Para mi pesar, Mercedes Milá no permitió que Yolanda se uniera al mismo equipo:

> Dios sabe que no quiero ir completamente sola a un nuevo equipo a kilómetros de distancia de mi tía Bee y su familia, donde no conozca a nadie y no hablen ni una palabra de inglés. ¡Ojalá acabe la guerra para que deje de preocuparme por Ataúlfo y pueda irme a algún lugar y no

153

moverme, hablar ni pensar en un mes! Estoy agotada tanto moral como físicamente.

Mi nuevo equipo estaba en el agradable emplazamiento del elegante pueblo marítimo de Sitges, al sur de la capital catalana. Alojada en un hotel de moda, el sol y la playa me animaron, así como la noticia de que Barcelona había caído el 26 de enero de 1939.

El 27 de enero se cargaron los camiones y salí en mi coche hacia Barcelona. Excepto por algunos molestos baches, la carretera era buena, pero debido a la voladura de los puentes tuvimos que dar un largo rodeo y finalmente llegamos a las diez y media de la mañana. Barcelona era una ciudad preciosa, muy extensa y poco dañada, aunque estaba muy sucia. Conduje como loca. El puerto era un caos, debido al intenso trabajo de la aviación. Las calles estaban abarrotadas de gente que mostraba un considerable entusiasmo, gritaban y vociferaban, todas las chicas desfilaban por las calles haciendo ondear banderas.

El hospital al que nos habían destinado era el Hospital Civil, enorme y bastante asqueroso, con todos los heridos por el suelo. Sin embargo nuestras órdenes llegaron más tarde, informándonos de que debíamos regresar a Sitges, ya que nuestro cuerpo de ejército había terminado su trabajo en este ataque y no iban a avanzar más. Con lo bonito que era ese sitio, lo sentí mucho.

En Sitges, con una energía asombrosa, sin ayuda de nadie creé un hospital en funcionamiento a partir de camas rotas, del embrollo de sábanas y de las cajas de utensilios que había traído un convoy de camiones. Como había poca actividad militar, pude conducir hasta la casa de los Orleans en Monzón y quedarme maravillada con el nuevo uniforme gris de la Legión Cóndor de Ataúlfo.

Mi hospital se trasladó de nuevo a un manicomio de San Baudilio de Llobregat y estuve encantada de ser la única encargada. De hecho, la guerra estaba prácticamente acabada en Cataluña y se habló de enviar mi equipo a Extremadura, entre Cáceres y Mérida, el peor lugar al que nos podían enviar. Está lejos de todo y era una zona gris y fea.

A mediados de febrero me dieron diez días de permiso y sin dudarlo me fui a Sanlúcar de Barrameda para saber de Mariana, su hermana y su pequeñita Maribel.

## Capítulo 33

### Regreso a palacio

Conduje durante veinte horas hasta Sanlúcar para pasar allí los días de permiso que me dieron. Al fin empezaba a recuperarme de los estragos de la guerra:

> Vivo en una especie de confusión de paz y placer. El problema constante de medir mis pasos con Ataúlfo para que nunca parezca que somos algo más que buenos amigos cuando realmente lo que deseo es estar cerca de él y tocarle, incluso es divertido, a pesar de los disgustos y de la frustración. Es como un juego. Me dejo llevar hasta el punto de atreverme a coquetear, pero sin pasarme de la raya ni tan siquiera con una mirada. No sé por cuánto tiempo mantendré el autocontrol y la placidez de ser capaz de seguir así, pero por el momento apenas enturbia mi felicidad, más bien le añade cierto sabor, si es que hace algo. No existe el pasado ni el futuro y vivo maravillosamente el presente aquí, con Ataúlfo.

Fui a visitar a Mariana en el convento. Nos abrazamos y lloramos. Cogí a Maribel en brazos, estaba enorme y pesaba un montón. Luz María se alegró mucho de verme.

—¿Cómo estas, Mariana?

—Tengo muchas ganas de salir de aquí, me siento como prisionera.

—Cuando acabe la guerra pediré ayuda a Franco para que Pelayo no pueda actuar en contra tuya y Scontland Yard no te pueda detener.

—¡Dios te oiga!

Con Ataúlfo pasamos horas en el jardín del Botánico. La única nube en el horizonte era la cantidad de alcohol que estaba bebiendo.

A finales de febrero pasamos la noche en Sevilla. Él se puso como una cuba y bailó conmigo en un club nocturno hasta el amanecer.

Fue una noche maravillosa, no había nadie en el mundo más que nosotros. A la mañana siguiente pagamos las consecuencias cuando tuvimos que partir en un largo viaje en coche a Épila con sendas resacas. Llegamos justo cuando la radio estaba anunciando que Gran Bretaña y Francia habían reconocido a Franco. El final de la guerra era inminente. Me alegró inmensamente, pero la sombra de una gran guerra de nuevo pronto me desanimó. Fue un reflejo del ambiente germanófilo y antisemita en la casa de mi tío Ali:

Las noticias sobre Inglaterra hoy por la noche son una vez más sobre los preparativos para una guerra a la vista de la crisis inminente. No hay crisis, pero como los judíos han jurado tener una gran guerra europea veremos lo que nos aguarda esta primavera. Supongo que estallará una guerra pronto. Será el fin de Europa y del Imperio británico, pero la gente está tan loca que no querrá pensar en ello.

En Extremadura estuve hasta marzo. No tenía ningún trabajo serio en el hospital y pasé el tiempo montando a caballo y visitando amigos.

El 18 de marzo, mi equipo y yo nos mudamos a Pueblonuevo, en Córdoba, «un pequeño pueblucho inmundo». Me sentía deprimida:

> Dios, ¡que termine esta guerra! Estoy hasta las narices y me voy a volver loca de atar dentro de poco.

Los nacionales estaban preparando la marcha final sobre Madrid. Las condiciones del nuevo hospital eran primitivas:

> Es un infierno tener que empezar de nuevo esta guerra cuando todos creíamos que había acabado. Estoy harta de la guerra y no quiero volver a trabajar en mi vida. Mi peor preocupación es el pavor a que estalle una guerra europea, aunque parece que las cosas se están tranquilizando.

Me horrorizaba ir de un pueblo desapacible a otro, aunque de hecho el final estaba cerca. Me permitieron abandonar mi equipo médico, y después de una búsqueda complicada por las sierras heladas cerca de Ávila, conseguí reunirme con mi tía Bee. La princesa estaba a punto de entrar en Madrid con los Frentes y

Hospitales; entonces pasé a formar parte del personal que preparaba comida y mantas para llevarlas a la ciudad hambrienta que había sitiado durante dos años y medio.

# Capítulo 34

## Madrid

Me necesitaban urgentemente en Cartagena en el hospital de sangre, había muchísimos heridos y querían que lo organizase todo. Aquello era una masacre. Había por lo menos más de veinte médicos, unas treinta enfermeras y unas veinte enfermeras auxiliares. Mientras estaba curando a uno de los enfermos me quedé bastante sorprendida al escuchar por casualidad los nombres de mi prima Claudia y su marido Gerard; al principio me puse muy contenta, ya que se encontraban bien, aunque lo que le dijeron a continuación a un tal teniente coronel González al que le estaban curando una herida superficial en otra de las habitaciones no me gustó, y es que al parecer le informaban de que mi prima y su marido se encontraban en el Hotel Palace de Madrid, el cual lo habían reconvertido en hospital de sangre. Hasta ahí todo iba bien, lo que me exaltó fue ver al teniente coronel tirar la mesa de instrumentación médica con gran furia a la vez que gritaba:

—¡Malnacidos, al fin los voy a poder detener!

Me puse tan nerviosa que cuando acabé de curar la herida dejé el sitio mintiendo al capitán médico del puesto de Cartagena, diciéndole que tenía que volver con mi equipo pues me necesitaban urgentemente.

Fui al Hotel Palace y pregunté en la entrada por la dama enfermera jefa de nombre Claudia y por el doctor Barrat.

—Dígame su nombre, señorita.

—Soy su prima, dese prisa, por favor —dije angustiada.

Al cabo de unos minutos, ambos se presentaron ante mí, abracé fuertemente a Claudia y seguidamente a Gerard. Estaba embarazada y tan guapa.

—¡Van a entrar! —les advertí—, no podía enviaros una carta. En pocos días Franco entrará en Madrid y he venido porque el teniente coronel Mario González se ha enterado de que estáis aquí en el Hotel Palace.

—¿Pero cómo puede saberlo? —me preguntó Claudia, nerviosa, viendo como cogía la mano de Gerard con cara de asustada.

—¡Espías, prima! ¡Espías! Estaba en Cartagena cuando por casualidad escuché a un infiltrado médico que trabaja aquí con vosotros.

Mi prima y su marido se miraron, tenían que hacer algo al respecto, pero ¿dónde se esconderían?

—Yo os puedo ayudar —habló un hombre al que no conocía y del que me enamoré nada más verle, era tan guapo, tenía unos ojazos azules y el pelo tan rubio, supe que por su aspecto físico no era español—,perdone, señorita, me llamo John, soy médico y amigo de Gerard y Claudia.

Le di la mano y los tres seguimos escuchándole.

—En Gandía partirá un buque británico hacia Marsella y desde allí vendréis conmigo a Nueva York, una nueva vida… Os daré trabajo, alojamiento, tendréis comodidades y vuestro bebé nacerá libre de guerra.

—¿Cuándo sale el buque? —pregunté.

—El día veintiocho, hay que prepararlo todo y abandonar rápidamente Madrid.

—Os llevaré yo misma, con mi coche.

—¡No, Claudia! —se negó tajante Gerard ante las miradas asustadizas tanto de mi prima como de la mía—, tengo que enfrentarme a ese hijo de mala madre.

—Si te quedas irás a prisión y después te fusilarán —dije intentando convencerle—. Franco ganará la guerra, tengo entendido que el coronel de Caballería Casado está en negociaciones con Franco para la rendición, no podrás hacer nada, ¿quieres vivir así?, ¿no ha pasado por bastantes desgracias tu esposa? ¿Tengo que recordártelo? —me puse a llorar y a suplicarle a Gerard mientras miraba con lástima a mi prima.

—¡No sigas, Pip! Claudia, vamos a casa y recojamos lo que necesitemos, nos vamos de España.

—Muy bien, avisaré al buque británico —dijo John.

El 28 de marzo a las cinco de la madrugada conducía hacia Gandía, en el asiento de atrás iban Claudia y Gerard; John, de copiloto. Era todavía de noche y teníamos que estar allí a las tres de la tarde, hora de la salida del buque británico hacia Marsella.

—¿Lleváis los documentos?

—Sí.

—¿Qué pasará contigo, Pip? —preguntó Gerard.

—Seguramente después de la guerra regrese a casa y me dedique a sacarme los estudios oficiales de enfermería. Ahora de momento estaré hospedada en casa de Ataúlfo.

—¿Todo bien con él? —preguntó mi prima casi susurrando mientras le negaba con la cabeza.

—Parece ser que después de estos dos años aquí en España ni tan siquiera muestra anhelo por mí. Al parecer quiere a otra, tengo entendido que se va a casar. Vaya, rumores que una escucha…

—Lo siento, prima.

—No lo sientas; él lo sentirá por dejar a una belleza como yo.

El viaje transcurrió con normalidad y llegamos al puerto de Gandía a las doce del mediodía.

—¡Mirad! —señaló Gerard con el dedo a un hombre con gabardina y sombrero, casi tapándose el rostro, cuando subía por la rampa del buque británico—, ¿no es ese el coronel Casado?

—¡Sí, lo es!, eso significa que Franco está llegando a Madrid y el coronel va a exiliarse.

—Es la hora de marcharnos —dijo John.

Claudia, llorando, me miró mientras yo le tocaba su barriga.

—Muchas gracias, prima, me has salvado dos veces la vida, te lo agradezco tanto…

—Cuida de Gerard y que seáis muy felices con el bebé que va a venir—volví a abrazarme a ella muy fuerte y me marché de allí para que no pudieran reconocerme e implicarme en la fuga de Claudia y Gerard, para Franco sería una decepción y me acusaría de espía. Cómo iba a saber yo entonces que sería la última vez que abrazaría a mi prima Claudia…

Las fuerzas de Franco entraron en un Madrid escalofriantemente silencioso. Cuando me enteré de la noticia me sentí exultante:

Un día que ningún español olvidará, ni yo tampoco. Ha sido tan increíble que no me atrevo a describirlo.

El 29 de marzo, mi tía Bee y yo entramos en Madrid junto a un convoy de camiones con abastecimientos, justo antes de que entrase el grueso de las fuerzas nacionales. Pasamos por el paisaje lunar de la Ciudad Universitaria, la línea de frente marcada por fortificaciones gigantescas y edificios destruidos. Mientras nos dirigíamos lentamente al centro, los niños hambrientos saltaban de alegría cuando les dábamos chocolate. Hubo escenas emotivas cuando los derechistas, que habían estado escondidos desde el comienzo de la guerra, salían de las embajadas y las legaciones donde habían estado enterrados vivos dando tumbos a la luz. Me dio pena el daño causado al magnífico palacio de Orleans de Madrid. Gran parte de la fachada estaba dañada por el fuego de obuses.

El aburrimiento pronto apareció y, como otros, comencé a pensar en la guerra asquerosa que aborrecíamos, así como en «los buenos viejos tiempos vividos»…

Me animé al mudarme a la nueva vivienda de la familia Orleans, una casa magnífica que había sido la sede de la delegación turca. Asimismo, también estuve ocupada montando el comedor de la base aérea de

Barajas, en la carretera de Guadalajara a la salida de Madrid.

Recibí un telegrama de mi madre en el que me ordenaba volver a casa, lo ignoré y me quedé haciendo más trabajo de beneficencia.

Un día lo dediqué a visitar hospitales, en concreto un hospital oncológico que me pareció demasiado horroroso como para expresarlo con palabras. Todos agonizaban, pálidos y verdes, medio locos. La tuberculosis abundaba en Madrid. Con setenta mil casos, los hospitales no daban abasto. A pesar del grave riesgo de infección, me dediqué a visitar a los enfermos graves en sus casas con asiduidad, a distribuir comida y a vendar úlceras y llagas. En el barrio obrero de Vallecas me encontré con escenas de una plaga medieval. Había un matrimonio de cincuenta y seis y sesenta años en la cama, negros de porquería y en los huesos. Tenían las manos y las piernas llenas de úlceras y ampollas que sangraban y echaban pus y agua, vendadas con trapos. Durante dos meses se habían alimentado con mondaduras de naranjas y unas pocas cebollas que habían encontrado pudriéndose en un estercolero.

Una mujer de cuarenta y ocho años que aparentaba setenta, un esqueleto con las manos y la cara con costras por todas partes y con el pus entrándole en los ojos de modo que no podía abrirlos. Los tísicos hambrientos y la gente trastornada por los años que había pasado escondida se convirtieron en escenas habituales para mí.

Mi tía Bee escribió a mi madre sobre cómo me admiraba por mi carácter y también por mi trabajo:

Ahora en Madrid hemos encontrado a la población en unas condiciones deplorables, con escenas de hambruna. Hemos tenido que hacer las visitas por separado porque había muchísimo trabajo. Pip ha cuidado a esta gente, les ha puesto inyecciones y les ha llevado comida. Por la noche mecanografiaba informes para los hospitales, absolutamente sola y en un perfecto español…Donde no había un médico al que recurrir, ella hacía el diagnóstico…llevaba a los enfermos de cáncer al hospital oncológico, a los tuberculosos al sanatorio…Nunca se equivocó…Su inteligencia y paciencia han sido asombrosas. Todo esto sin un público y sin tener un solo día de diversión. Ahora es conocida de un extremo de España al otro…nunca está nerviosa ni impaciente. Te explico todo esto porque en la ordenada Inglaterra quizás nunca la hayas visto sacar adelante una carga de trabajo tan grande sin ayuda como lo ha hecho en Madrid.

…

Las visitas poco frecuentes de Ataúlfo simplemente dejaban tensas tanto a su madre como a mí. Al no estar involucrado en mi frenético trabajo de beneficencia, andaba alicaído por la casa y tenía broncas con su madre, y después venía a mí a contarme sus angustias:

De todas formas, la vida es tan inútil. Casi deseo que Ataúlfo no hubiera venido. Tal y como están las cosas, no quiero verlo más.

...

Otro de los peores momentos de mi vida fue a mediados de abril cuando leí en un periódico la noticia de la muerte de mi prima Claudia y el grave estado en que se encontraba su marido Gerard, tras la confusión de tiroteos que se formó mientras intentaban escapar de la Justicia y de España. No recuerdo el tiempo que estuve llorando sin que nadie me consolara, pero me gustaría que lo sucedido después no se quedara en mi memoria...

# Capítulo 35

## Cruz del mérito militar

El 12 de mayo de 1939 me sentía cansada y enferma, aun así tenía que asistir a un desfile con Yolanda para servir a Franco. Por suerte, también estaba Ataúlfo. Era un maravilloso día soleado y Barajas tenía un aspecto fantástico, decorado con banderas y flores, todo pintado de nuevo y elegante. La guardia mora de Franco vestía con capa escarlata y blanca, turbantes blancos y uniformes azules y blancos. Se encontraban situados en sus posiciones alrededor de la tarima donde él iba a pasar revista. Permanecieron allí de pie, bajo un sol ardiente, desde las nueve de la mañana hasta las tres de la tarde sin tan siquiera mover un músculo.

El lugar estaba casi lleno y me quedé de pie viendo llegar a la gente entre enjambres de mujeres de Frentes y Hospitales con uniforme blanco y mujeres de la Falange con uniforme azul, una visión que hacía pensar en una selección de escuela secundaria. Según el programa previsto, Franco llegó a las once y media y todos le saludamos mientras tocaban la marcha real, hasta que nuestros brazos casi se desplomaron. Inspeccionó los aparatos que estaban alineados en unas seis filas frente a los edificios y que podíamos ver. Yolanda y yo fuimos con los otros soldados de Barajas a la terraza del primer piso, donde servimos a Franco y a los generales. Franco era un hombre pequeñito, del tamaño y forma de una pelota de tenis, y tenía un aspecto gracioso al lado del gran y desgarbado Kindelán. El desfile, que vimos maravillosamente bien, fue como suele ser siempre. Los pasos de ganso de los alemanes nos hicieron reír, los italianos eran muy pocos y los españoles supieron mantener el orden.

Seguidamente, a Yolanda y a mí nos fue concedida la Cruz Militar con distintivo rojo por nuestro valor. Ambas nos abrazamos emocionadas.

El 14 de mayo hice una visita al palacio de Felipe II en El Escorial:

> Cada día amo más a España y odio más tener que irme. Volveré, pero nunca será mi país como lo es ahora.

Al día siguiente todavía estaba más deprimida, ya que Ataúlfo se marchaba a Alemania con la Legión Cóndor. Estaba de todo menos resignada:

> No soporto la idea de que todo esto haya acabado. Nunca podré ser una más de la familia aquí. Me alojaré con ellos, pero nunca volverá a ser lo mismo. Dios sabe cómo, cuándo y dónde Ataúlfo y yo volveremos a encontrarnos, una vez me haya ido de España. Tengo que irme. Cómo odio la vida por hacerme esto. Quiero casarme y tener un montón de hijos e infinidad de diversión. Pero no puedo hacerlo ni tampoco puedo ser feliz.

El 17 de mayo, mi tío Ali permitió llevarme en un bombardero Savoia-Marchetti 79 y me dejó pilotar durante diez minutos. Ese mismo día cenamos con Peter Kemp, quien me lo presentó el comandante Hugh Pollard. Éste era un oficial retirado del Ejército, agente secreto y aventurero. Había ayudado a hacer los preparativos del Dragon Rapide, que fue desde Croydon el 11 de julio de 1936 para recoger a Franco en las Islas Canarias y llevarlo a Marruecos para unirse al alzamiento militar. Peter Kemp era muy romántico y me declaró su amor, lo que me brindó la oportunidad de poner celoso a Ataúlfo, aunque me salió el tiro por la culata y empeoró aún más la cosa entre nosotros.

Mis últimos días en Madrid empezaban a parecerse como en Londres antes de venir a España, una frenética sucesión de cócteles, cenas y el coqueteo que continuaba con Peter Kemp. Aquello terminó cuando se indignó por los intentos persistentes de sonsacarme información militar sobre mis amigos para pasársela al agregado militar británico.

# Capítulo 36

**Desaparecidas**
**7 de marzo de 1983**

Pip se encontraba animada contando su historia mientras observaba a María, Ian, Gerard, Elena y Elisabeth, embobados escuchándola.

—Mamá, tienes que descansar, es muy tarde y pronto te traerán la cena.

—Déjame que siga, hija, ¿acaso no quieres saber qué pasó con Mariana cuando acabó la Guerra Civil? ¿Qué pasó con Ataúlfo? Además, todavía tienes que saber cómo conocí a Elisabeth y en qué circunstancias…

**Junio de 1939**

Fui a hablar con el Generalísimo Franco en una visita concertada para hablarle sobre Mariana y su situación de búsqueda y captura por parte de Scotland Yard. Tuvo la amabilidad de escuchar todo lo que le pasó.

—Señorita Priscilla, haré todo lo que pueda por esa señora, la que fue su moza.

—Se llama Mariana.

—Eso, Mariana. Redactaré un informe con todo lo que me ha contado y hablaré con los servicios de

Scotland Yard para que se detenga a ese hombre por las barbaridades que cometió con ella.

Me levanté de la silla con una sonrisa de oreja a oreja y le di la mano al Generalísimo.

—Estoy convencida de que lo hará. Pronto nos volveremos a ver para otro asunto.

—Aquí estaré esperándola, señorita Priscilla.

Cuando me giré, antes de salir por la puerta, esbocé una pequeña sonrisa al observar como Franco estaba mirando mi trasero y, al darse cuenta de que le miraba, cogió un libro y se puso a leerlo rápidamente.

Al día siguiente llegué a Sanlúcar de Barrameda y fui directamente al convento a buscar a Mariana y decirle que estaba libre, que podía vivir en el palacio sin que tuviera temor de su marido Pelayo. Así que llamé a la puerta y me abrió la hermana Gertrudis, me acompañó al despacho de la madre superiora, y no sé cómo explicarlo, pero cuando entré mi corazón empezó a palpitar a mil por hora, me di cuenta de que no me iba a recibir para darme buenas noticias.

—Querida Pip, qué alegría verte de nuevo.

—Madre, ¿dónde están Mariana, su hermana y su hija?

—Verás, al pronto de terminar la guerra un hombre llamado Pelayo llamó a la puerta del convento preguntando por Mariana —mis ojos se salían de las órbitas, temía lo peor—, dijo que era su marido, que ella tenía secuestrada a su hijo y que estaba en busca y captura.

—¿Delataron a Mariana?

—¡Cómo vamos a delatar a nuestra niña! Eso nunca.

172

—¿Entonces, qué pasó? Dígame, madre.

—Le dijimos que no había ninguna Mariana en el convento, que se marchara y así lo hizo, se fue sin hacer más preguntas, luego fuimos a su habitación a decirle que Pelayo se había presentado en el convento.

—Pobre Mariana.

—Se puso muy nerviosa, sacó la maleta y puso dentro un poco de ropa de las tres.

—¿Qué iba a hacer, madre?

—Marcharse de aquí, pues no quería arriesgarse a que la encontrara, así que esperó un día y, sin escucharnos, cogió a la niña y a su hermana y se fue del convento.

—¿No os dijo a dónde iba?

—Me dijo que si algún día venías a buscarla que te olvidaras de ella, que no quería que tuvieras problemas por su culpa —empecé a llorar desconsoladamente, no podía pasarme eso a mí, no después de haber conseguido liberarla de ese malnacido llamado Pelayo—, lo siento mucho, señorita Pip, pero no pudimos hacer nada por retenerla.

Me despedí muy dolida, primero la muerte de mi querida prima Claudia, y después pensé que nunca más vería a Mariana ni sabía qué le depararía el destino.

## Capítulo 37

### Elisabeth Eindenbenz

Nació en Zurich en 1913 y era hija de un pastor protestante. Elisabeth Eidenbenz formó parte del movimiento social suizo relacionado con el Servicio Civil Internacional. A los veinticuatro años ya era maestra y entró en el cuerpo de voluntarios de la filial de Ayuda Suiza a los Niños de la Guerra Civil. Juntamente con otros compañeros de la asociación, organizó comedores sociales para niños en Valencia, Cataluña y Madrid, además de un servicio de evacuación infantil entre estas dos ciudades. Mientras tanto, en Suiza, muchas asociaciones se habían reunido para preparar una acción conjunta de ayuda a España: la Obra Suiza de Ayuda Obrera, la Central Sanitaria Suiza, el colectivo de médicos y enfermeras, la asociación de Cáritas, el colectivo de profesores y profesoras, y otras asociaciones con finalidades sociales… Todas juntas formarían más tarde la asociación de Ayuda Suiza a los Niños de España.

Organizaron una recogida masiva de alimentos, ropa, zapatos y dinero para comprar artículos de uso diario, como jabón, libros y material para escribir. Con todo esto llenaron cuatro camiones que, junto a voluntarios como Elisabeth, llegaron a España el 24 de abril de 1937. Aún les quedaba por vivir dos años más de guerra y destrucción.

Desgraciadamente todos los que trabajaban en favor de la paz y la libertad tuvieron que retroceder en mitad del éxodo republicano.

Una ola de exiliados presionaba la frontera francesa. Era enero de 1939 y los vencidos de la Guerra Civil deslizaban por cada paso de montaña, por cada entrada de caminos, por la carretera… Había tanta gente huyendo que parecía que Cataluña iba a quedarse vacía. Todos caminaban en silencio, sin pensar, solo querían atravesar la frontera, solo el instinto de supervivencia les empujaba hacia adelante.

El día 27 de enero del mismo año se permitió el paso a la población civil y a los heridos. En los días posteriores pasaron el grueso de exiliados: en tres semanas escasas, un total de 465.000 personas cruzaron el paso fronterizo. El 31 de enero, los ministros Sarraut y Rucart, representando al Gobierno francés, después de un viaje relámpago a la zona, idearon una solución para absorber y acomodar aquella marea humana. Los campos de refugiados de Argelès-sur-Mer y Saint-Cyprien fueron los primeros grandes contenedores de este flujo migratorio, el más grande de la historia de nuestro país.

Hambre, sed y frío eran las deplorables condiciones que había en los campos de refugiados.

Para muchos expatriados, el ingreso fue el inicio de otra pesadilla. El hambre, la sed, el frío y el desprecio de las autoridades francesas marcarían como hierro candente el resto de sus vidas.

En ese contexto, las mujeres embarazadas tenían muchas dificultades para llevar a sus hijos al mundo y que estos sobrevivieran. El Hospital de San Luis de Perpiñán estaba saturado y la administración priorizaba los heridos y enfermos por delante de las parturientas. En consecuencia, las mujeres preñadas eran conducidas a los establos que estaban junto a la estación de Perpiñán. Allí, con una total ausencia de garantías sanitarias, en medio del estiércol y la paja, nacían los bebés. Seguidamente, madre e hijo eran devueltos al campo de concentración sin establecer ningún protocolo de posparto que asegurara unos mínimos de supervivencia a los recién nacidos.

Para compensar la pasividad de la ayuda social francesa hacia los refugiados, se impulsó desde la Asociación de Ayuda Suiza a los Niños Víctimas de la Guerra la creación de una maternidad con el fin de asistir a las mujeres embarazadas recluidas en los campos de concentración. Por su condición de mujer y sensibilizada por los padecimientos de sus congéneres, creía que las exiliadas merecían parir con dignidad y que había que garantizar la supervivencia de los recién nacidos. Sin embargo, el estallido de la Segunda Guerra Mundial alteró rápidamente los planes de la Asociación, que tuvo que desplazar a la mayoría de sus voluntarios más al norte. Durante el mes de septiembre, Elisabeth, junto a un reducido número de enfermeras, se quedó en la Cataluña del Norte como única responsable de materializar la idea, por lo que comenzó a buscar la casa adecuada: un antiguo palacete junto a la carretera de Perpiñán.

De hecho, ya lo tenía en la cabeza desde hacía días. Cuando iba al mercado veía siempre un palacete rural del siglo XIX situado en el borde de la carretera. Parecía deshabitado, pero estaba bastante bien conservado. Se encontraba aislado en medio de los campos de cultivo, rodeado de árboles frutales, justo a la entrada del término de Elna, un municipio situado a unos quince kilómetros de Perpiñán, muy cerca de los campos de Argelès-sur-Mer, Saint-Cyprien y Rivesaltes. Su orientación al mediodía, con el Canigó perfectamente visible en el fondo, le daba un marco paisajístico inmejorable. Además, tenía una cúpula de cristal en lo alto del tejado con grandes ventanales que hacían suponer estancias con mucha luz. Era una casa bellísima, perfecta para la maternidad que Elisabeth había pensado.

Pero una vez visto más de cerca, el castillo de Bardou (de la familia del creador de la fábrica de papel de fumar), que era como se llamaba entonces, estaba bastante dañado. Sus tres plantas se habían derrumbado y el tejado reventado dejaba pasar la lluvia hasta el primer piso. Con todo, la proximidad de los campos de los exiliados jugaba a su favor. Elisabeth consultó a Zúrich si había recursos económicos suficientes para rehabilitar la casa. Afortunadamente, la central de la Asociación de Ayuda logró reunir treinta mil francos suizos (una cifra entonces más que considerable). Rápidamente se iniciaron los trabajos para reparar el tejado y habilitar las tres plantas.

De forma paralela, Elisabeth también estableció unos acuerdos con los responsables de los campos, con el fin de instalar unos barracones para alojar a las futuras madres unas semanas antes de ingresar en la

Maternidad. En ellos, intentaba compensar la carencia alimentaria de las mujeres con alimentos provenientes directamente de Suiza. Además, mediante el personal de la Asociación se llevaba un control médico y sanitario de las últimas semanas de gestación.

Una vez acabadas las obras de rehabilitación de la casa, en diciembre de 1939 entraron las primeras ocho mujeres embarazadas provenientes de barracones de Argelès-sur-Mer y Saint-Cyprien. Había un recibidor inmenso con cuatro grandes mesas y bancos, y una gran chimenea con un buen fuego que presidía la sala contigua a la entrada. Todas llegaban del campo muertas de frío, hacía tanto tiempo que no se calentaban de esa manera... Parecía que estuviéramos en otro mundo.

La casa tenía tres pisos y un sótano, con una cocina de grandes dimensiones y un montacargas que llegaba hasta el comedor de la planta baja. En el primer piso habían habilitado una sala que se utilizaba para los partos y otra al lado para dejar las cunas. Las madres estaban repartidas en cuatro habitaciones amplias de la segunda planta que Elisabeth había bautizado con los nombres de Barcelona, Valencia, Madrid y Bilbao, más la habitación donde parían las madres, que la llamaban Marruecos. En cada habitación había entre seis y diez camas, con las sábanas limpias y planchadas, más una almohada. En toda la casa se respiraba un ambiente de serenidad y seguridad. Las sillas y los bancos eran simples; las camas, plegables; las tablas igual servían para comer, extender y doblar la ropa, así como para cambiar los pañales a los bebés. Era un lugar agradable, tranquilo y digno.

El 7 de diciembre de 1939 nacía José Molina, el primero de los 597 bebés que vieron la luz en la Maternidad. Las madres estaban desde cuatro semanas antes del parto para volver al campo cuatro semanas después. A veces, según si quedaban plazas vacías, las estancias se prolongaban, sobre todo en invierno. También se cobijaban niños mayores, los hijos de las mujeres embarazadas que estaban con ellas. Durante el parto y la recuperación de la madre, estos niños se rehacían físicamente de los estragos sufridos.

El funcionamiento interno del centro era sencillo. Las mismas madres, según su estado físico, se encargaban de las tareas domésticas de la casa, mientras que para las tareas sanitarias había tres enfermeras voluntarias de nacionalidad suiza con preparación pedagógica y sanitaria, una comadrona externa y un médico eventual para casos de urgencia. Además, la logística y el mantenimiento de la Maternidad estaban asegurados por el suministro semanal de víveres y material traído desde Suiza con camiones de la organización, se aprovechaban los corredores sanitarios abiertos por la Cruz Roja Internacional en el contexto de la Segunda Guerra Mundial.

Elisabeth Eidenbenz era la auténtica alma de la Maternidad. Todo era importante para Eidenbenz y todo pasaba por sus manos. Los años 1940 y 1941 fueron los de máxima actividad, con una media de veinte nacimientos al mes. La Maternidad de Elna funcionaba a pleno rendimiento, llevando vidas nuevas al mundo a

179

pesar de que fuera de sus paredes Europa estaba inmersa en una guerra sin tregua. Como definía muy bien la misma Elisabeth, «la Maternidad era una isla de paz en medio de un océano de destrucción...».

Y así era. Elisabeth Eidenbenz sabía crear el ambiente positivo a pesar de las historias desdichadas que cada madre llevaba encima. Ella creía que el apoyo moral era importantísimo para que aquellas mujeres superaran sus preocupaciones.

Era marzo de 1939 y, como cada semana, Elisabeth iba al campo de refugiados de Argelès-sur-Mer. Al llegar vio a una mujer llorando intentando consolar a su hija pequeñita acompañada de una muchacha tiritando de frío, por lo que decidió ayudarla.

—Perdone, señora, me llamo Elisabeth.

—Por favor, ayúdeme, creo que mi hija tiene fiebre y con la humedad y este frío tengo miedo de que se muera.

Elisabeth se dio cuenta enseguida de que la niña estaba hirviendo y sin dudarlo la cogió en sus brazos.

—Acompañadme, os llevaré a la Maternidad.

—Muchas gracias, señorita.

—¿Cómo se llama?

—Mariana, esta es Luz María, mi hermana, y mi pequeñita Maribel —dijo con la voz tiritando de frío.

**Capítulo 38**

**Pip**
**La Segunda Guerra Mundial**

Ataúlfo tuvo que marcharse a Yugoslavia el 30 de agosto de 1939. Al día siguiente Alemania declaró la guerra a Polonia, fue el primer paso bélico de la Alemania nazi en su pretensión de fundar un gran imperio en Europa, situación que llevó a la inmediata declaración de guerra de Francia y la mayor parte de los países de la Commonwealth y del Imperio británico al Tercer Reich.

La llanura polaca ofrecía una ventaja para el desplazamiento de los blindados alemanes, aunque los bosques y las carreteras mal construidas eran obstáculos que hacían más arduo y difícil el avance. Alemania avanzaba usando la *blitzkrieg* o «guerra relámpago». El Reino Unido y Francia le dieron dos días a Alemania para retirarse de Polonia. Una vez que pasó la fecha límite, el 3 de septiembre, el Reino Unido, Australia y Nueva Zelanda le declararon la guerra a Alemania, seguidos rápidamente por Francia, Sudáfrica y Canadá.

Yo tenía que volver a Gran Bretaña, me sentía angustiada ante otra guerra:

> Estoy hasta las narices de los hospitales, de los uniformes, de los cadáveres y de todo lo que tenga que ver con la guerra. Detesto la guerra.

Valerosamente crucé en coche España y Francia hasta llegar a Londres, el 9 de septiembre. La casa de la familia en Seaford se había convertido en el cuartel general de la Cruz Roja.

Me tomé muy mal la guerra, ya que definitivamente me separaba de Ataúlfo. Incluso llegué a tener tendencias suicidas:

> De buena gana me moriría mañana si no me hubiesen educado para pensar que es una cobardía suicidarse. Nunca creí que fuera capaz de desearlo. Pero ¿hay algo por lo que valga la pena vivir? He perdido a la única persona que amo y que siempre amaré. Puede que llegue a acostumbrarme a la herida, pero jamás la olvidaré, ni se me curará. No podré aguantar ese dolor constante mucho más tiempo. Soy incapaz de comer y dormir, la comida me provoca náuseas y cada vez que cierro los ojos veo a Ataúlfo.

A veces, recibía breves telegramas y cartas de él, pero únicamente me hacían llorar y sufrir, al considerar que podrían pasar años antes de volver a verle.

A principios de noviembre, empecé los estudios oficiales de enfermería en el Hospital de Saint Thomas. Después de mi experiencia en España, me indignaba que me trataran como una absoluta novata.

Después de haber dirigido prácticamente un hospital en el frente, el hecho de que no me dejaran hacer nada más complejo que hacer las camas me comía la moral:

He perdido todo lo que quería en el mundo, lo más deprimente de todo, mi optimismo.

El 15 de noviembre de 1939 cumplí veintitrés años, una jornada que se vio animada por los telegramas de mi tía Bee, mi tío Ali y de Ataúlfo. Las sugerencias de que volviera a Sanlúcar me alegraron.

Mi abatimiento finalmente empezó a desvanecerse tras recibir la invitación de una conocida de la alta sociedad, Maureen Schreiber, para que me trasladara a un hospital de campaña en Francia en enero de 1940. Se trataba de un obsequio de lord y *lady* Hadfield para los franceses y estaba organizado por Mary, la mujer del general de brigada Spears. El hospital era muy grande y estaba bien equipado, con trece médicos, equipos de rayos X, cien camas, camiones y tiendas de campaña. Accedí sin albergar grandes ilusiones, no había emoción, solo tenía un sentido del deber y una necesidad imperiosa de hacer algo que me distrajera del interminable anhelo por Ataúlfo:

> Tengo que hacer algo y eso será más o menos lo mejor. Preferiría con creces ir a España y hacer como si nada existiera, pero no puedo, así que más me vale trabajar…Voy a pasarme toda la vida vagando de guerra en guerra, de un hospital a otro sin objetivos ni ambiciones…Me he agotado con una guerra y ya sé cómo es, así que no será una aventura.

Me apetecía muchísimo ir a Sanlúcar, pero no me atrevía porque sabía que solamente podría estar poco tiempo y porque el dolor de la separación sería todavía más insoportable. Por lo tanto, me vi obligada a aceptar la invitación de unirme al equipo de ambulancias de Hadfield-Spears:

> Supongo que debería estar contenta de haber tenido seis meses de descanso desde que me marché de Madrid, pero no ha sido un periodo muy feliz y dentro de poco tengo que volver al olor y el sonido nauseabundo de todo aquello.

El 16 de diciembre recibí un telegrama de Ataúlfo que me resultó gratificante:

> Gracias por las cartas. No veo por qué no puedas venir durante los próximos cinco años.

Al día siguiente, otro telegrama de Yolanda insistía en lo mismo:

> Por Dios, haz lo que te pide Ataúlfo en su telegrama. Te arrepentirás toda la vida si no vas.

Mi reacción fue tan valiente como decisiva:

> He estado persiguiendo a Ataúlfo como una tonta cinco años. Si quiere, que venga a buscarme; pero si no me desea, no volveré.

Empecé a enfadarme con Ataúlfo a modo de resignación por lo que probablemente sería una ruptura definitiva.

Los telegramas me provocaban un dolor intenso. A medida que se acercaba la fecha de la salida hacia Francia empecé a arrepentirme de haber rechazado las invitaciones para ir a Sanlúcar. Con un frío gélido, a finales de enero abandoné Londres.

Pasé dos semanas agradables en París, salí de compras y me aproveché de restaurantes bien abastecidos y baratos. Con la guerra aparentemente lejana, compré ropa y discos de gramófono.

El 12 de febrero de 1940, el equipo médico nos trasladamos al nordeste de Francia, donde instalamos un hospital entre Nancy y Saarbourg, en Mosela. Aunque el hospital estaba cerca del frente, apenas había acciones militares y el trabajo era intrascendente y tedioso.

Los rumores de que Mussolini se iba a unir a la guerra en el bando de Hitler hicieron especular que Franco no tardaría mucho tiempo en hacer lo mismo. La idea me causó un profundo desasosiego:

> No puedo imaginar algo mucho más infernal que luchar contra España. Preocuparme por Ataúlfo ya era bastante penoso cuando estaba en su mismo bando, pero sería mucho peor si estuviéramos en bandos contrarios y sin noticias.

La invasión alemana a los Países Bajos provocó una reacción ambigua. Por la noche bombardearon un montón de ciudades francesas…Winston Churchill era el primer ministro de Inglaterra en lugar de Chamberlain. Me pareció malísimo el cambio, aunque quizás fuera lo mejor, porque hasta el momento parecía que los alemanes tenían todo de su parte.

Cuando llegaban prisioneros alemanes heridos, me indignaba la hostilidad que producían:

> Somos enfermeras, para una enfermera no hay nacionalidades, todos los pacientes son iguales, ya sean blancos, negros, franceses o alemanes.

El 22 de junio, con los soldados británicos heridos y un grupo variopinto de refugiados, nos llevaron a la costa donde nos recogió el crucero ligero británico HMS Galatea, que nos llevaría a San Juan de Luz con el fin de recoger al embajador británico. El 24 de junio, el equipo y yo nos encontrábamos a bordo de un transportador de tropas, de camino a Inglaterra. Llegamos el 26 de junio a Plymouth. Poco después, ya en Chirk, me enteré, horrorizada, de que mi madre estaba en Liverpool a punto de partir hacia Canadá con mis cuatro sobrinas, dos hermanas y dos cuñadas.

**Capítulo 39**

**La fuga de Mariana
7 de marzo de 1983**

—Pip, deberías descansar —dijo Ian a su mujer.

—Ahora estamos en lo mejor de la historia, tal vez muera esta noche y tú, María, no podrías acabar mis memorias.

—Haz caso a papá.

—No, además no voy a ser yo quien cuente la siguiente parte —entonces Pip miró a Elisabeth.

—Elisabeth, cuéntales a todos lo que sucedió con Mariana.

—¿Estás segura?

—Sí, digamos toda la verdad, no creo que alguien de aquí se vaya a enfadar por algo que ocultamos desde hace muchos años y a falta de días o semanas para que yo muera.

—Está bien, os contaré lo que me relató Mariana desde que salió del convento hasta que la conocí por primera vez en Argelès-sur-Mer.

**15 de marzo de 1939**

Con la ayuda de las enfermeras, Elisabeth trasladó a la Maternidad a Mariana con su hijita en brazos y a Luz María. Una vez dentro del edificio y con el calor del fuego que emanaba de la gran chimenea les trajo ropa nueva y las ayudó a cambiarse. A la pequeña Maribel la pusieron en una de las habitaciones llamada Barcelona, que era donde estaban las que ya cumplían el año; a su lado, en una cama plegable se quedó haciéndole compañía su tía Luz María.

En el salón, una vez Mariana había recuperado el color y se le había ido el frío, Elisabeth se quedó a solas con ella.

—Cuéntame, de dónde vienes…

Mariana se lo contó todo hasta el día en que Pelayo volvió a buscarla por segunda vez…

## Mariana
## 25 de febrero de 1939

Estaba harta de esperar en el convento, no tenía noticias de Pip, así que lo mejor era irme de España, marcharme al norte, no quería que Pelayo acabara encontrándome y perdiera a las personas que más quería en el mundo, mi hermana y mi pequeña Maribel. Con muchas dificultades pude llegar a Barcelona, allí me enteré de que se abriría la frontera francesa y seguí a la multitud de hombres, mujeres, niños y ancianos que se dirigían hacia los pasos de Cervera, el Portús, el Coll d'Ares y la Guingueta d'Ix, bajo las bombas y las balas de los aviones franquistas que atacaban las carreteras y los pueblos del trayecto.

Las autoridades francesas nos negaron el paso hasta que, en la noche del 27 al 28 de febrero, nos lo permitieron solo a las mujeres y a los niños.

Las mantas que llevábamos muchos encima estaban empapadas por las lluvias y la nieve.

Estábamos en Francia. Seguimos hasta Cervera caminando. La gente del pueblo estaba en las puertas de sus casas contemplándonos. Algunos se emocionaban, otros nos ofrecían comida y mantas secas.

Los gendarmes nos condujeron hasta la playa de Argelès-sur-Mer… Después vendrían los empujones y los chillidos de «Allez! Allez!».

Por fin llegamos a nuestro nuevo hogar. Ni se nos pasó por la cabeza la sorpresa que nos tenían preparada los franceses. Al verlo, no pude evitar llorar y pensar lo que vendría después. Qué sería de mi pequeña y de mi hermana. Estábamos en un campo de concentración que habían hecho en la playa de Argelès-sur-Mer, rodeados de alambres de pinchos y arena. Hacía un frío horrible y un viento de tramontana que no te dejaba andar y mucho menos por la arena. Mi hermana y yo nos teníamos que sujetar una a la otra para mantenernos de pie.

# Capítulo 40

## La manta de arena

Me preocupaba el hambre y que no pudiera producir la bastante leche para amamantar a mi niña.

Me ayudaron a montar una tienda donde apenas cabíamos mi hija, Luz María y yo. Bajo las mantas de la tienda improvisada podíamos rebajar el frío un poco, pero las cañas y las mantas quedaban sepultadas por la arena fina de la playa en noches de tramontana, así una y otra vez…

Acogí a una muchacha jovencita llamada Pastora que acababa de llegar a Argelès-sur-Mer con su bebé recién nacido, no tenía ni un mes, el pobrecito tenía muy mal aspecto, se llamaba Pablito.

—Tiene mucha hambre y yo no tengo leche que darle.

—¿No le amamantas?

—¡Mis malditas tetas no producen leche!

—Déjamelo —lo cogí en brazos, me saqué mi pecho, puse su boca en mi pezón y enseguida empezó a succionar—, mi hija comerá de mi otra teta.

—Muchas gracias, Mariana, no sabes lo agradecida que estoy.

El pequeño Pablito lloraba de hambre día y noche, a veces yo tampoco producía leche para los dos y lo repartía entre Maribel y él, pero Pablito era un recién nacido y tan solo podía alimentarse de leche, así que cuando se agotaba de tanto llorar, se dormía y Pastora le daba calor con su cuerpo. Aun así las mantas estaban empapadas a causa de aquellos días tan malos. Cuando salía el sol, enterraba al bebé en la arena hasta que le dejaba solo la cabecita. La arena le servía de manta.

Una mañana, cuando venía de buscar racionamiento de comida para todas nosotras vi a Pastora arrodillada en la arena llorando desconsolada, me temía lo peor.

—Luz María, quédate aquí con Maribel y no me sigáis —mi hermana asintió con la cabeza, mientras se llevaba un trozo de pan a la boca y le daba otro trozo a mi hija.

Me acerqué rápidamente donde estaba Pastora y vi en sus brazos a Pablito, pero ya no estaba entre nosotras, su alma le había dejado.

—¿Por qué, Mariana? ¿Por qué? —la abracé y me puse a llorar junto a ella y su pequeño.

Esa noche pudimos dormir un poquito ya que no hacía tanto frío; al levantarme, Pastora ya no estaba junto a nosotras, nunca más la volví a ver…

Era el 15 de marzo de 1939 y Maribel empezaba a toser constantemente, mi hermana Luz María lloraba, yo estaba al borde de la locura, temía que se murieran las dos, hasta que una señora rubia y bastante guapa se me acercó…

—Perdone, señora, me llamo Elisabeth.

—¡Por favor, ayúdeme!, creo que mi hija tiene fiebre y con la humedad y este frío tengo miedo de que se muera.

Elisabeth se dio cuenta enseguida de que la niña estaba hirviendo, y sin dudarlo la cogió en los brazos.

—Acompañadme, os llevaré a la Maternidad.

—Muchas gracias, señorita.

—¿Cómo se llama?

—Mariana, mi hermana Luz María y mi pequeñita, Maribel —dije con la voz tiritando de frío.

**Capítulo 41**

**Pip**
**Desolación**

Me sentí desolada cuando supe que los Orleans eran tan proalemanes que la familia real británica, furiosa con ellos, no permitió la entrada en el país a Ataúlfo como adjunto agregado aéreo. Semejante cotilleo fue enormemente exagerado, aunque sí era cierto que la Guerra Civil había dejado una admiración enorme por el III Reich entre la derecha española.

Los hombres de la familia Orleans habían volado con aviadores alemanes e italianos durante la guerra. Aunque perturbada por estos rumores no estaba falta de perspicacia:

> ¿Por qué he de seguir loca por un hombre que siempre se ha comportado como un absoluto inmaduro conmigo y ahora es un pro o proalemán a ultranza? Debería estar furiosa, pero es exactamente lo que esperaba de él, le falta voluntad al muy canalla. Sus padres le llevan por donde quieren. Y pensar que nos hemos criado juntos durante dos generaciones y que ellos son monárquicos y católicos y, sin embargo, proalemanes. Se merecen lo que sea si el régimen nazi se extiende a España.

El torbellino mental ocasionado por la postura pro o proalemana de los católicos y monárquicos Orleans me ayudó a ver a Ataúlfo con ojos algo más severos:

> Todavía me gusta más que ningún otro en el mundo, lo que quizás explique por qué me molesta tanto que esté del otro bando. Espero no tener que volver a ver al muy hijo de puta.

La actividad fue lo bastante frenética como para mantener a raya mis pensamientos sobre Ataúlfo. No obstante, a principios de septiembre de 1940 recordé la invasión alemana a Polonia un año antes cuando estaba en Sanlúcar:

> ¡Qué triste estaba y qué razón tenía! No lo he pasado bien ni un solo día desde entonces y no creo que vaya a hacerlo en mucho tiempo.

Después de transcurrido un año seguía sintiendo nostalgia por él:

> Todavía albergo el mismo sentimiento frío y de vacío que siempre he tenido.

La vida se complicó a causa de la ofensiva de los bombardeos alemanes sobre Londres durante el otoño de 1940. Aunque inevitablemente estaba horrorizada por la destrucción de las bombas, mi sentido del humor no lo abandoné. Me parecía bastante estimulante el sentirme así de asustada todo el tiempo, ya que me daba vida.

Me llegó una carta de mi tía Bee en la que me expresaba su preocupación por que Franco pudiera unirse a la guerra en el bando de Hitler, lo cual me llevó a preguntarme si Ataúlfo terminaría arrojando bombas sobre Londres. La visita a mediados de septiembre a Berlín del cuñado de Franco, Ramón Serrano Suñer, se tomó como un anuncio de la beligerancia española. Mi análisis sobre las consecuencias estratégicas de si España entraba en la guerra, en cuanto a la pérdida de Gibraltar y al cierre del Estrecho, era extremadamente agudo. Mi pregunta retórica de por qué Gran Bretaña no intentaba mantener a España neutral ofreciéndole la devolución de Gibraltar después de la guerra, reflejaba exactamente el pensamiento de Churchill. Mi angustia personal por las implicaciones de la entrada de España en la contienda difícilmente podía haber sido más intensa:

No puedo imaginarme un infierno peor que saber que Ataúlfo está luchando contra mí bombardeando día tras día. Sin embargo, nunca sobrevivirá a otra guerra entera. Simplemente no es posible. Incluso no sé si está vivo o no. Soy incapaz de luchar contra un país con el que he combatido dos años, prefiero morir que luchar contra Ataúlfo. De todas formas, las mujeres no luchamos y no merece la pena sentirse así porque tenemos que ganar esta guerra, si todas las personas a las que quiero tienen que ser mis enemigos, no tendré más remedio que aguantarme.

Durante un año estuve afligida por no poder viajar a España ni ver a Ataúlfo pero, al menos, me contentaba con saber que estaba a salvo y pasándoselo bien.

En medio de mi aflicción, recibí una carta despreocupada de Yolanda en la que me preguntaba: «¿Está Londres tan destruida como dicen? ¡Qué pena, una ciudad tan bonita, es una lástima!».

Es extraño pensar en lo mucho que me preocupaba que España no se metiera en esta guerra y lo poco que ellos se preocupaban por nosotros. No obstante, la noticia sobre el encuentro histórico entre Franco y Hitler en Hendaya el 23 de octubre de 1940 volvió a avivar mis preocupaciones. Ese día tuve un ataque terrible de depresión. De repente empecé a sentirme sola e inútil y estuve unos dos minutos tumbada en el suelo, llorando a lágrima viva por la tristeza y pensando en lo abominable que era la vida…Me sentí aprisionada por una barrera impenetrable de maldad y mezquindad y supe que jamás escaparía. Sin duda alguna esta fue una reacción tardía del terror que estaba viviendo durante los bombardeos nocturnos.

Yolanda me volvió a escribir informándome que Ataúlfo estaba comportándose muy mal, siempre borracho y provocando deliberadamente peleas con sus padres. Él le había dicho que «le importaba un bledo seguir complaciendo a sus padres, pues le habían arruinado la vida al no haberle dejado casarse con la persona que quería».

Mi reacción fue madura y acertada:

¡Menudo imbécil! Demasiado débil como para desafiar a sus padres en algo tan importante, así que simplemente les vuelve locos con nimiedades y sin duda se deprime en el intento.

Unos días después, me desperté llorando tras soñar con él:

Estábamos con una multitud de mujeres presas de pánico y otra multitud de bebés. Él intentaba alcanzarme, pero le arrastraban. A mí me aterrorizaba algo. Al fin me alcanzó y, justo cuando estiraba la mano para coger la mía, me desperté en el momento en que le arrastraban fuera de mi vista.

En diciembre de 1940 me concedieron el título de Coronel Honorario del Ejército polaco. Me resultaba bastante divertido que me llamaran Pani Pulkownik (Señora Coronel). La vida se tranquilizó y caí en una monótona rutina. Trabajé denodadamente y aprendí mucha fisiología y anatomía.

# Capítulo 42

## La verdad

A principios de 1941 anhelaba regresar a España. Tenía buenas relaciones con la familia Orleans y con Kindelán, los dos centros más importantes de la oposición monárquica a Franco dentro de la propia España. A mediados de julio, el ejecutivo de las Operaciones Especiales mandó hacer un informe sobre mí. El informe al MI5 decía:

> Es nuestra intención que la honorable señorita Scott-Ellis sea contratada para la investigación sobre la posibilidad de evacuar a los prisioneros de guerra polacos de España. Nos complacería saber si tiene alguna razón desde el punto de vista de la seguridad para que esta persona no sea reclutada.

La respuesta del MI5 ponía en duda mi discreción, citando un informe según el cual, en una cena que se ofreció en el Savoy para la Misión de Ayuda España en diciembre de 1940, había revelado de forma despreocupada que le habían pedido que fuera a España como espía, puesto que conocía a tanta gente allí.

Simplemente me refería a que jamás trabajaría contra España.

En febrero de 1943, la Fuerza de Acción Continental del Gobierno polaco en el exilio en Gran Bretaña pidió que me mandaran a España para ayudar en la evacuación de los prisioneros de guerra que estaban escapando.

Mi cargo oficial como tapadera era el de secretaria, y mi trabajo consistía en la difusión de información proaliada para contrarrestar la dominación de los medios españoles por el III Reich. Sin embargo, el consulado de Barcelona era el conducto principal para que el personal aliado escapara a través de los Pirineos orientales, por lo tanto, mi cometido era ayudar al paso seguro de los pilotos británicos y polacos derribados en Francia y otros fugados a través de España hacia Portugal.

Tenía la excusa perfecta para viajar desde Barcelona, a través de España, a un punto relativamente cercano a la frontera portuguesa por mi amistad con la familia Orleans Borbón.

Mi primera parada en España fue en el palacio Montpensier de la familia en Sanlúcar de Barrameda, adonde acudí a recuperarme de la enfermedad agudizada por el clima escocés.

En la feria de abril pasé unos días con Ataúlfo, montando a caballo; en mayo, ayudándole con sus animales en el Botánico de Sanlúcar; en junio, monté a caballo de nuevo con Ataúlfo en el Rocío y en una fiesta en Sanlúcar de Barrameda.

Esa noche me cerré en la habitación con Ataúlfo para volverle a preguntar por última vez sobre los rumores que me había hecho llegar Yolanda a través de las cartas que me escribía.

—Ataúlfo—le llamé por su nombre de pila.

—¿Por qué ya no me llamas Touffles? Me gusta cómo suena con el sonido de tu voz.

—Es la última vez que te lo pregunto y te juro que ya no volveré a ser tan pesada contigo.

—Dime.

—¿Estás enamorado de mí? ¿O has estado enamorado de mí y tu madre ha impedido que pudieras comprometerte conmigo?

—Verás, Pip, claro que te quiero, pero no de la forma que a ti te gustaría. Sé que quieres casarte conmigo, que tengamos muchos hijos y vivir felices para siempre, pero lo nuestro no es como en un cuento de hadas —sus palabras estallaron como una granada de letras en mi cara—,si te ha parecido así, de verdad que lo siento.

—La que lo siente soy yo, he sido una estúpida, ya me lo dejaste claro hace años y aun así he seguido insistiendo.

—No te culpes, Pip —entonces agarró mis dos manos y se las llevó a su pecho—, voy a decirte algo y Dios sabe si lo contaré alguna vez a mi familia, pero tú debes saber la verdad, mi verdad.

—Estoy preparada —vacilé.

—Soy homosexual.

Me quedé mirándole unos segundos, no sabía qué decir, enrojecí, de repente me vinieron a la cabeza tantas cosas que pasamos juntos.

—Gracias por ser sincero.

—No se lo digas a nadie, por favor.

—Tu secreto será mi secreto a partir de ahora.

Nos abrazamos y estuve llorando toda la noche, ya no había ninguna posibilidad de que Ataúlfo pasara el resto de los días de mi vida conmigo.

# Capítulo 43

**Entrevista con Hemingway**

A mediados de mayo recibí en mi casa de Londres una invitación para comer con un afamado e importante periodista y escritor norteamericano, llamado Ernest Hemingway. Hace dos años leí su última novela *Por quién doblan las campanas*. Era un hombre bastante atractivo, con bigote y unas gafas muy raras. Era bastante mayor, deduje que por lo menos tenía veinte años más que yo.

Era la primera vez que visitaba Londres y lo llevé a un restaurante muy famoso de la capital.

Me hizo muchas preguntas sobre mis años en la Guerra Civil Española mientras anotaba en una libreta pequeña cada detalle que le contaba, incluso me lo hacía repetir varias veces porque hablaba muy rápido. La parte que a él más le interesó fue la de la batalla del Ebro.

—¡Es bastante curioso, señorita Scott-Ellis!, como seguramente sabrá fui corresponsal de guerra. En el año 1937 acordé trabajar en la Guerra Civil Española para la North American Newspaper Alliance (NANA) y en 1938 estuve presente en la batalla del Ebro. Me encontraba entre los últimos periodistas británicos y estadounidenses que cruzaron el río para salir de la batalla.

—¿No conocería usted por casualidad a mi prima, Claudia Romo? Ella vivía por entonces en Amposta, era enfermera —se quedó pensando y entonces me contestó.

—Nunca oí hablar de ella, pero sí estuve en Amposta el mismo día que la aviación la bombardeó y destrozó el puente colgante. Esa maravilla que se construyó a principios del siglo XX. Siempre recordaré la fecha del 10 de marzo de 1938.

—¡Casualidades de la vida! —exclamé—. Mi prima también presenció el horror de los bombardeos sobre el pueblo, cerca estuvo de morir cuando al cruzar el puente colgante una de las bombas estuvo a punto de alcanzar la ambulancia que la llevaba, regresaba a casa para asistir a un parto de una mujer, familiar de Gerard, que era su marido.

—Recuerdo muy bien ese día —dijo—, cuando aparecieron los aviones nos dijeron que eran los nacionales y me llevaron rápidamente a un refugio. Oímos varios estallidos de bombas, había mucho ruido. A los cinco minutos todo había acabado, así que salimos y un hombre corriendo vino hacia mí.

—¿Y qué le dijo? —le pregunté impaciente.

—Me dijo que se había cobijado a muy pocos metros del puente colgante, debajo de un muro resistente de piedras y pudo ver lo que ocurrió cuando los aviones aparecieron.

—¿Pero, qué ocurrió? —insistí de nuevo y empezó a reírse, lo narraba tan bien que me dejó perpleja.

—Vio como mucha gente estaba cruzando el puente colgante y empezaron a correr enseguida para salvarse de las bombas. Pasaban carros de bueyes, también se fijó en una ambulancia, que debería de ser en la que iba tu prima, y otra señora a la cual conocía porque era Conxita, la lechera de una vaquería de La Aldea, una señora que iba todos los días de su pueblo a vender leche a Amposta.

—¿Se salvó? No recuerdo que mi prima me contara nada de esa mujer.

—Lamentablemente no, el hombre que vino hacia mí siguió contándome que quiso ir tras ella para ayudarla, pero se dio cuenta que ya era demasiado tarde. Pudo ver como una bomba cayó de pleno en el puente, destrozándolo, y como Conxita desaparecía al instante, aunque lo que sí pudo ver fue como el burro y el carro cayeron al río junto con los trozos de la carretera del puente colgante.

—Pobre mujer —Hemingway siguió hablando mientras yo me quedaba embobada escuchándole de nuevo.

—El día antes del bombardeo —continuó—, llegué a Amposta y la primera persona que me encontré fue un anciano que lo había perdido todo a causa de la barbarie de la guerra. El viejo tenía unas gafas de montura de acero y la ropa cubierta de polvo. Estaba sentado a un lado de la carretera. Había una embarcación de acero que cruzaba el río, lo atravesaban carros, camiones, hombres, mujeres y niños. Los carros, tirados por bueyes, subían tambaleándose por la empinada orilla cuando dejaban el puente, y los soldados ayudaban empujando los radios de las ruedas. Los camiones subían chirriando y se alejaban a toda prisa, entretanto los campesinos avanzaban hundiéndose en el polvo hasta los tobillos. Pero el viejo estaba allí sentado, apenas sin moverse, inmóvil. Estaba demasiado cansado para continuar. Mi misión era cruzar el puente, explorar la cabeza de puente que había más allá y averiguar hasta dónde había avanzado el enemigo. Cumplí mi misión y regresé por el puente. Había menos carros, gente cruzando a pie, pero el anciano seguía allí. Le pregunté de dónde venía. «De San Carlos», me dijo sonriendo. Era su ciudad natal, por lo que le llenó de satisfacción mencionarla. Me explicó que cuidaba de los animales y que fue el último en salir de San Carlos. No tenía pinta de pastor ni de vaquero, tras observar su ropa negra y cubierta de polvo, su rostro gris y sus gafas de montura de acero, le pregunté qué animales eran, él me dijo que animales diversos y negaba con la cabeza porque tuvo que dejarlos. Yo estaba contemplando el puente y el aspecto de paisaje africano del delta del Ebro mientras pensaba cuánto tardaríamos en ver al enemigo, todo el tiempo estaba atento por si oía los primeros ruidos que delataran ese misterioso suceso denominado contacto, y el viejo seguía allí sentado. Le volví a preguntar qué animales eran. Me dijo que en total eran tres clases de animales, había dos cabras, un gato y cuatro pares de palomos. Le sonsaqué si los dejó y me contestó que sí, por culpa de la artillería. Un capitán le dijo que se fuera, por peligro de la artillería. Le dije si no tenía familia y me contestó que no, que solo los animales que me había dicho. Al gato seguramente no le pasaría nada ya que un gato sabía cuidarse, pero no quería ni pensar qué sería de los otros animales. Indagué en qué bando estaba él y me contestó que no tenía bando, que tenía setenta y seis años, llevaba andados doce kilómetros y que creía que no podía seguir. Le comenté que ese no era un buen lugar para pararse y que si podía llegar al desvío de Tortosa había camiones. Me dijo que esperaría un poco y me preguntó que a dónde iban esos camiones, le respondí que a Barcelona. Me dijo que no conocía a nadie en esa dirección y me dio las gracias. Me miró sin expresión, cansado, como si necesitara compartir su preocupación con alguien. Me cuestionó qué haría cuando empezase el fuego de la artillería, pues a él le dijeron que se fuera por culpa de esta. Le inquirí si dejó abierta la jaula de los palomos, me contestó que sí, entonces le dije que saldrían volando y él me respondió que sí, seguro que saldrían volando. Insistí en que se levantara e intentara andar. Me dio las gracias, se puso en pie y avanzó haciendo eses y volvió a sentarse sobre el polvo, dejándose caer. Volvió a decir que él solo cuidaba los animales, pero esta vez lo dijo sin energía y sin mirarme.

—¿Y no hiciste nada por ayudar al anciano?

—No se podía hacer nada por él. Los fascistas avanzaban hacia el Ebro. Era un día gris y las nubes iban bajas, por lo que sus aviones no volaban. Eso, y que los gatos supieran cuidarse solos, era toda la buena suerte que tendría aquel hombre.

—Qué bonita historia y a la vez qué triste todo.

Cuando acabamos de comer, nos despedimos con un beso en la mejilla, él tenía prisa por marcharse.

—Avíseme cuando vaya a publicar el artículo.

—Así lo haré, señorita Scott-Ellis.

—Llámeme Pip, ahora ya le considero uno de mis amigos.

—Muchas gracias, Pip. Encantado de haberla conocido.

—Yo también, su último libro lo leí de un tirón, es uno de mis preferidos. Quisiera que me lo dedicara en cuanto volviéramos a vernos.

—Estaré encantado de hacerlo.

Se puso un sombrero y delante de la puerta del restaurante me cogió la mano y la besó…

Me decepcioné con Ernest Hemingway, ya nunca más volvería a verlo y su artículo sobre mis experiencias en la Guerra Civil nunca se publicó en la prensa.

...

Unos días después, de nuevo en Sanlúcar, me despertó muy temprano una sirvienta del palacio para decirme que la madre superiora estaba esperándome en el vestíbulo. Me puse la bata de seda y bajé descalza corriendo esperanzada de que fueran noticias sobre Mariana, Luz María y la pequeñita Maribel.

—Hola, señorita Pip, qué agradable verla de nuevo.

—¿Sabe algo de Mariana?

—¡Ojalá!, vengo a traerle una carta de una tal Elisabeth Eidenbenz, viene de Francia.

—No la conozco —me quedé con las ganas de saber quién era esa tal Elisabeth que me había escrito—. Pero muchas gracias por traerla.

—Por favor, si llega a saber sobre el paradero de Mariana, háganoslo saber.

—No lo dude, madre, así lo haré.

Cerré la puerta y me marché corriendo a la habitación, cogí el abrecartas y empecé a leerla:

Elna, 4 de mayo de 1943

Me pongo en contacto con usted para pedirle que tan pronto lea la carta venga lo más rápidamente posible a Elna, se trata de Mariana, pregunte por la Maternidad de Elna. La estaré esperando.

«¡Oh, Dios mío! Mariana», pensé.

Me despedí de la familia Orleans y cuando llegué a Elna no fue difícil encontrar la Maternidad. Era un gran palacete, casi un castillo, databa sin duda de comienzos de siglo. El edificio tenía en total cuatro plantas. Subí las escaleras y llamé a la puerta. Me abrió una mujer embarazadísima.

—Hola, busco a Elisabeth Eindenbenz, soy Priscilla Scott-Ellis.

—¡Oh, Dios mío! Un momento, señora, voy a buscarla.

Esperé unos cinco minutos, me quedé extrañada al ver la reacción de la mujer al decirle mi nombre, ya por fin vino a recibirme una chica joven guapísima, rubia, con una trenza enrollada en la cabeza y muy parecida a mí. Parecía tener una edad como la mía.

—Hola, soy Priscilla, aunque si lo prefiere puede llamarme Pip.

—Gracias por haber venido tan rápido. Verá, se trata de Mariana —me hizo pasar al comedor y nos sentamos.

—¿Está bien?, ¿se encuentra aquí con usted?

# Capítulo 44

## Mariana
## La Gestapo

Estábamos a principios de abril de 1943. Al tener estudios sobre socorrismo y nociones de enfermería, Elisabeth me ayudó para que pudiera quedarme en la Maternidad de Elna. También pude amamantar a varios niños que nacieron, durante casi dos años, el tiempo que mi pecho produjo leche. Mi pequeña Maribel ya tenía cinco años y era una niña encantadora. Le gustaba mucho pintar y a veces hacía de niñera junto a mi hermana Luz María.

El 2 de abril por la mañana, estando en una de las habitaciones oí un golpe muy fuerte en la puerta principal, así que bajé, vi a Elisabeth como abría la puerta. Eran dos hombres uniformados, todavía no se habían percatado de mi presencia.

—¡Qué es lo que buscan!, aquí solo hay mujeres que vienen a parir dignamente —dijo Elisabeth.

—*Tener* orden de detención de Mariana de los Hares y llevarnos a su hija y su hermana con nosotros —decían con acento alemán.

—Aquí no hay ninguna mujer llamada así.

—¡Mentira! —entonces con todo el dolor de mi alma presencié como uno de ellos le pegó una bofetada a Elisabeth que la tiró al suelo y le abrió una brecha en el labio, que le empezó a sangrar al instante—. Si no sale ahora mismo, nos la llevaremos a usted.

—¡Aquí no está! —gritó Elisabeth y el otro policía le pegó una patada en el estómago mientras seguía en el suelo, la pobre se retorció ante las miradas atónitas de todas nosotras, que no podíamos hacer nada, bueno, excepto yo.

—Sabemos *mucho cierto* que ella *estar* aquí, somos la Gestapo, hace meses que sabemos que *estar* aquí.

Me armé de valor y avancé dos pasos.

—Soy yo a la que buscan —no sé qué me depararía el destino pero mi hija Maribel no iba a sufrir las consecuencias de una guerra nefasta. Elisabeth me miró, todavía le faltaba el aire, casi no podía respirar—. Lo siento mucho, Elisabeth, no iba a dejar que se te llevaran estos malnacidos.

—Su hija y su hermana también.

Mercedes, una de las enfermeras, la cogió y se la llevó a un escondrijo pero Luz María se fue en busca de su hermana.

—Yo soy su hermana —dijo Luz María sonriente ajena a lo que pasaba y ante la tristeza de Mariana cuando la oyó.

—Mi hija en paz descanse murió en la playa de Argelès-sur-Mer —mentí llorando y les grité a la cara— ¡murió!

Entonces así sin más, con lo que llevábamos puesto, esos dos policías de la Gestapo nos cogieron del brazo y nos llevaron con ellos, sin poder despedirnos de Elisabeth y las demás. No sabíamos cuál era nuestro destino, pero seguro que no era nada bueno.

A mi hermana y a mí nos llevaron a Drancy, al noreste de París y allí subimos a un ferrocarril. Nos metieron allí dentro, ante una multitud abarrotada de hombres, mujeres, niños y bebés.

Estábamos las dos asustadas y me arrinconé abrazada a mi hermana en uno de los vagones del tren de carga. Como no sabía dónde nos llevaban empecé a preguntar pero nadie decía nada, hasta que un hombre más joven que yo, sí sabía nuestro destino.

—Señora, vamos a Auschwitz, un campo de concentración establecido por los alemanes…

# Capítulo 45

## Auschwitz

Auschwitz era el campo más grande establecido por los alemanes. Era un complejo de campos que poseía un campo de concentración, uno de exterminio y uno de trabajos forzados. Estaba ubicado cerca de Cracovia, Polonia.

Los prisioneros vivían en primitivas barracas que no tenían ventanas ni estaban aisladas del calor ni del frío. No había baño; solamente había un balde. En cada barraca había unas 36 literas de madera y los prisioneros dormían de a cinco o seis en forma transversal en la plancha de madera. Una sola barraca albergaba a 500 prisioneros.

Los cautivos siempre tenían hambre. La comida consistía en sopa aguada hecha con carne y verduras podridas, un poco de pan, algo de margarina, té o una bebida amarga parecida al café. Tener diarrea era común. La gente, debilitada por la deshidratación y el hambre, contraía fácilmente las enfermedades contagiosas que se propagaban por el campo.

Algunos prisioneros realizaban trabajos forzados dentro del campo en la cocina o como peluqueros, por ejemplo. Las mujeres solían clasificar las pilas de zapatos, prendas y otras pertenencias de los prisioneros, que se enviaban a Alemania para que se usaran allí. Los depósitos de almacenamiento de Auschwitz, ubicados cerca de dos crematorios, eran llamados «Canadá» porque los polacos consideraban que ese país era un lugar de muchas riquezas. En Auschwitz, como en cientos de otros campos del Reich y la Europa ocupada donde los alemanes usaban personas que realizaban trabajos forzados, los prisioneros también eran empleados fuera de los campos, en minas de carbón y canteras, y en proyectos de construcción, en excavación de túneles y canales. Bajo la supervisión de guardias armados, sacaban con palas la nieve de las rutas y limpiaban los escombros de las vías y las ciudades atacadas durante asaltos aéreos.

Escaparse de Auschwitz era casi imposible. Había cercas electrificadas de alambre de púas que rodeaban el campo de concentración y el centro de exterminio. Los guardias, apostados en las numerosas torres de vigilancia, estaban equipados con ametralladoras y rifles automáticos. Las vidas de los prisioneros estaban bajo el completo control de los guardias, quienes por capricho podían infligirles crueles castigos. Los prisioneros también eran maltratados por otros cautivos que eran elegidos para supervisar a los demás a cambio de favores especiales de los guardias.

En Auschwitz se llevaron a cabo crueles «experimentos médicos». Hombres, mujeres y niños eran usados como sujetos experimentales. El médico de las SS, Josef Mengele, llevó a cabo dolorosos y traumáticos experimentos en enanos y gemelos, incluso en niños pequeños. El objetivo de algunos experimentos era encontrar mejores tratamientos médicos para los soldados y aviadores alemanes. Otros experimentos buscaban mejorar los métodos para esterilizar a las personas a quienes los nazis consideraban inferiores. Muchas personas murieron durante los experimentos. Otros fueron asesinados después de finalizar la «investigación» y fueron despojados de sus órganos para continuar estudiándolos.

La mayoría de los prisioneros de Auschwitz sobrevivían apenas unas semanas o unos meses. Aquellos que estaban demasiado enfermos o demasiado débiles como para trabajar eran condenados a morir en las cámaras de gas. Algunos se suicidaron arrojándose contra el alambrado electrificado. Otros parecían cadáveres ambulantes, quebrados física y espiritualmente. Pero otros prisioneros estaban decididos a mantenerse con vida.

Cuando llegamos, estábamos muertas de sed. Dos hombres uniformados con la marca SS, nos metieron en una habitación y nos empezaron a sacar la ropa hasta quedar completamente desnudas. Yo estaba cansada, así que si era eso lo que tenían que hacer, que siguieran adelante.

Nos empezaron a mojar con una manguera con la presión del agua muy fuerte. Mi hermana no podía parar de gritar y cuando al fin cesó el agua sobre nuestros cuerpos, se abrazó a mí, muerta de miedo. Nos dieron dos pijamas de rayas horizontales y nos los pusimos. Parecíamos dos presas. Me sentía culpable por mi hermana. Ella no tenía que estar conmigo. Entonces lo más desagradable vino después. Los dos hombres grandes y rudos se marcharon haciendo un saludo a otro hombre que apareció en la habitación. Debía de ser su superior.

No podía creer lo que mis ojos veían, estaba teniendo la peor pesadilla de mi vida y esperaba despertarme en la Maternidad, pero no, no estaba soñando...

—¿Pelayo?

## Capítulo 46

### El campo de la muerte

Cuando vi aparecer a ese hombre, limpio y uniformado con la gorra, no podía imaginar que iba a ser alguien de quien un día estuve muy enamorada. Era Pelayo.

—Sí, soy yo. Al fin te tengo, zorra asquerosa.

—¿Pero no entiendo? ¿Qué haces tú aquí?

Entonces se acercó a mí, y lo primero que hizo fue pegarme una bofetada en la cara delante de mi hermana.

—¡Aquí las preguntas las hago yo! ¿Dónde está nuestra hija?

—Murió de frío en la playa de Argelès-sur-Mer —de nuevo mentí para protegerla.

—¡No me lo creo! Me estás volviendo a engañar como lo has hecho escondida durante todos estos jodidos años lejos de mí —entonces empezó a contarme lo que había hecho después de venir a buscarme por segunda vez a España—. Me alisté en la División Azul en España para luchar junto a los alemanes, he ascendido tan alto de rango que ahora mando yo en este campo llamado Auschwitz II en el que estás.

—¡Perdóname, Pelayo! Mi vida contigo era un infierno, haz lo que quieras conmigo pero deja ir a mi hermana —me arrodillé llorando y suplicándole, pero a cambio recibí una patada en la cara, noté un pequeño crac en mi nariz y empecé a sangrar mucho.

—Voy a registrar esa maldita maternidad hasta encontrar a mi hija, maldita puta estás hecha, y como la encuentre mataré a esa tal Elisabeth que dirige el centro.

Pelayo se marchó y volvieron a entrar esos dos hombres grandullones, portaban una máquina en las manos, nos obligaron a sentarnos en el suelo y empezaron a raparnos el cabello. Lloramos mucho, sobre todo yo por Luz María que no entendía lo que pasaba, seguidamente nos llevaron a una sección del campo donde había muchas mujeres.

Aquello era una abominación enorme, no pude parar de vomitar cuando vi que muchas de esas mujeres estaban en los huesos, parecían muertas en vida. Cogí de la mano a Luz María y seguimos hasta encontrar un hueco para poder estirarnos las dos allí, a la espera de que alguien se compadeciera de nosotras.

Iban pasando los días y teníamos mucha hambre, apenas nos daban una ración de comida y de agua la justa, por lo que tanto Luz María como yo empezamos a adelgazar mucho y nuestro estado de salud era cada vez más delicado. Fue entonces cuando empecé a pensar mucho en Pip: «¿Sería ella la que nos salvaría de una muerte segura?».

# Capítulo 47

**La decisión**
**7 de marzo de 1983**

—Mamá, ¿por qué nunca he sabido nada de tu moza, de esa mujer llamada Mariana?

—Me prometí que nunca hablaría ni de ella ni de la guerra contigo y ahora era el momento de que la verdad saliera a la luz.

Todos estaban con ganas de saber más, así que ya no me dijeron que descansara y continuara otro día, esta vez sí me sentía cansada, pero seguí, ya faltaba poco para acabar.

**Pip**
**6 de mayo de 1943**

Llegué a la Maternidad de Elna y llamé a la puerta.

—Hola, busco a Elisabeth Eindenbenz, dígale que soy Priscilla Scott-Ellis.

—¡Oh, Dios mío! Un momento, señora, voy a buscarla.

Esperé unos cinco minutos, extrañada por la reacción que había tenido esa mujer al decirle mi nombre, y por fin vino a recibirme. Era una chica joven guapísima, rubia con una trenza enrollada en la cabeza y muy parecida a mí. Debería de tener mi misma edad.

—Hola, soy Priscilla Scott-Ellis, pero si quiere puede llamarme Pip.

—Gracias por haber venido tan rápido. Verá, se trata de Mariana —me hizo pasar al comedor y nos sentamos.

—¿Está bien?, ¿se encuentra aquí con usted?…

—No. Se la llevaron a ella y a su hermana dos hombres de la SS.

—¡Oh, Dios mío! ¿Y la pequeña?

—Está en una guarida custodiada por una de mis enfermeras, allí nadie puede encontrarlas. El día que le escribí la carta apareció Pelayo por la mañana.

—¿Pelayo? ¿El marido de Mariana? —me quedé muerta.

—Sí, me detuvo, estuve en el calabozo de Elna veinticuatro horas mientras ellos revisaron la casa en busca de una niña de cinco años, su hija, pero afortunadamente no encontraron el escondite. Al parecer, ahora, Pelayo es un alto comandante de las SS y trabajó conjuntamente con la Gestapo y averiguó que Mariana se encontraba aquí. Por error ella envió una carta registrada en Elna a su nombre y por eso supieron dónde se hallaba. ¡Fue un error!

—¿Y a dónde se las llevaron?

—Pelayo me dijo que estaban en Auschwitz haciendo trabajos forzosos, se rió y dijo que iban a morir de hambre, que ese era el precio que iba a pagar por haberle abandonado y no permitir nunca que estuviera con su hija.

—¡Hijo de la gran puta! —seguidamente pensé en Ataúlfo—… seguro que nos podrá ayudar, y también

Franco, él podría intermediar con Hitler para devolvernos a Mariana y a su hermana.

—¡Dios te oiga, señorita Priscilla! Y ahora me gustaría pedirle un favor.

—Haré lo que me pida.

—Maribel no se puede quedar aquí, está en peligro.

—Déjeme pensar qué haremos con ella y le juro que cuando vuelva no lo haré sola, Mariana y Luz María regresarán conmigo.

## Capítulo 48

**In Memoriam**

Me puse en contacto con Ataúlfo y nos fuimos los dos a hablar con Franco, igual que cuando fuimos a interceder por Gerard hace ya años.

Allí mismo en el despacho Franco telefoneó a Hitler y le explicó la situación. Un hombre de los suyos, de la SS, llamado Pelayo Ordónez Cortijo estaba actuando de un modo incorrecto sobre su mujer, la tenía en el campo de concentración de Auschwitz II y sin embargo Scotland Yard ya había desestimado por fin la denuncia que tenía sobre ella tras saber que Pelayo la maltrataba.

A principios de mayo recibimos una carta de Hitler donde por fin podíamos recuperar a Mariana y a su hermana Luz María. Nos marchamos en avión hasta Polonia y nos dirigimos a Auschwitz. Estaba muy nerviosa e impaciente por llegar…

**3 de mayo de 1943**

Una vez estuvimos allí y con la carta de Hitler, unos hombres nos acompañaron a la zona donde se supone que deberían estar ellas.

—*¡Marianaaaa! ¡Marianaaaa!*—gritaba fuerte para que me oyera, pero nada, solamente había cientos y cientos de personas agrupadas, esqueléticas, aquello era el infierno.

¿Cómo se podía permitir aquella barbaridad?, odiaba a Hitler con toda mi alma. Entonces, una señora mayor me paró y me dijo:

—Se la llevaron esta mañana junto con su hermana pero no ha vuelto a aparecer.

—Gracias —tenía que pensar en lo mejor, que ya estaban de camino a Sanlúcar de Barrameda.

—Pip, ven conmigo —me dijo Ataúlfo—, al parecer están deteniendo a Pelayo.

Salimos de ese mundanal infierno y en pleno campo vimos como cuatro hombres fornidos y grandes arrestaban a Pelayo, mientras se reía y entonces me miró, con esa cara… era el mismo diablo.

—¿Vienes a buscar a tu amiga?

—¿Dónde está, hijo de la gran puta?

—En ese almacén enorme de ahí delante —me señaló.

Fui corriendo contenta, por fin la volvería a ver y estaría al lado de su hija Maribel. Abrí una gran puerta y no creía lo que estaba viendo, Ataúlfo me tuvo que sostener porque casi me *desm…*

## 7 de marzo de 1983

—¡Mamá! ¡Mamá! ¿Estás bien?

—Sí, hija mía, ha sido un ataque de tos, perdonadme.

—Tienes que descansar, Pip, ya llevamos tres horas y no te encuentras bien —me dijo Gerard.

—No, no…Ahora estaba en lo mejor…

## Mariana
## 3 de mayo de 1943, 09:45 A.M

Mi hermana Luz María y yo estábamos acostadas en el suelo cuando más de diez hombres entraron a buscar a más gente, a esa gente que después ya no regresaba más. Esta vez vinieron a por nosotras. Nos cogieron y nos llevaron a otro almacén aún más grande. Nos hicieron desnudar, mi hermana Luz María lloraba.

—No pasa nada, Luz María, seguramente nos van a duchar.

—Agua no, me hace daño —la abracé, ya no me salían lágrimas, tan solo pensaba en mi pequeña Maribel y que estaba a salvo con Elisabeth.

Ese almacén era enorme, había mucha gente de todas las edades. A nuestro lado había una pareja de abuelitos desnudos y abrazados que estaban temblando. Muchas mujeres con bebés en los brazos, gitanos, judíos, mi hermana Luz María y yo. La abracé y no nos separamos. Ella temblaba, yo también empecé a temblar. De repente cerraron las luces del almacén y apenas podía ver a mi hermana. Le daba besos, para que no se asustara. Empecé a oír un ruido que vino del techo, ignoraba qué era, entonces la gente empezó a toser, mi hermana y yo también, era un olor desagradable, y un gusto terrible. Nos faltaba el aire, aquello que salía del techo era irrespirable. La gente caía al suelo inconsciente y cuando me di cuenta yo también estaba tumbada en el suelo, mirando a mi hermana con la poca luz del sol que entraba en ese almacén y tenía los ojos cerrados. Me percaté de que dejó de respirar, entonces la besé y vi una luz blanca enorme, a lo lejos parecía ver la silueta de mi hermana y de otra mujer, me fui acercando más y más…era mi madre Clara. Me cogió de la mano y yo cogí de la mano a Luz María adentrándonos en ese brillante y hermoso túnel…

# Capítulo 49

## Pip
## La adopción


Fui corriendo, contenta. Por fin volvería a ver a Mariana y estaría al lado de su hija Maribel. Abrí una gran puerta, y no creía lo que estaba viendo, Ataúlfo me tuvo que sostener porque casi me desmayé. Hacía mucho olor, pero ni rastro de ella. Estaba todo lleno de gente carbonizada, esqueletos y cenizas, entonces fui en busca de Pelayo.

—¿Qué has hecho con Mariana?

—Ha pagado con su vida lo que me hizo, esta mañana murió junto con su hermana en la cámara de gas y después fue incinerada.

Me acerqué a él y le pegué una patada en los huevos a la vez que las lágrimas brotaban de mis ojos, no podía contenerme, pero sí lo hizo Ataúlfo que me apartó de él y me abrazó.

—Pobre Mariana, pobre Luz María —me volví a acercar a Pelayo—, espero que tú también recibas un buen castigo.

Ataúlfo y yo nos marchamos de allí, no sin antes ver la cara del diablo por última vez.


Antes de coger el avión hacia Francia informaron a Ataúlfo, a través de una llamada en el aeropuerto, sobre el destino de Pelayo.

—Pip, es sobre Pelayo.

—No quiero saber nada de ese…

—Lo acaban de fusilar.

No le respondí. Se lo merecía.

Cuando llegamos a la Maternidad de Elna tuve que dar la mala noticia a Elisabeth y a las demás.

—Siento no poder haber cumplido mi juramento —Elisabeth no entendía nada—, hemos llegado tarde. Pelayo asesinó a Mariana y Luz María.

Todas empezaron a llorar y yo me abracé a Elisabeth.

—¿Y qué va a ser ahora de Maribel?

—Yo sé lo que hay que hacer —dije rotundamente—, voy a adoptarla, le cambiaré el nombre y le daré mis apellidos.

Elisabeth me volvió a abrazar y ambas lloramos juntas, desconsoladamente.

**7 de marzo de 1983**

María tenía la cara blanca y el vello de su piel erizado. Dejó el bolígrafo en la mesa donde escribía todo lo que le redactaba su madre y con paso lento se acercó a ella ante la mirada de los demás.

—¡Mamá! ¿Era Mariana mi madre?

—Sí, hija mía —Pip no mostraba ninguna inquietud ante la sorpresa que le había causado a María—, nunca te llegamos a decir toda la verdad porque lo que le ocurrió a tu madre y a tu tía, como a millones de personas, fue una verdadera masacre. Cuando llegamos a España y pude conseguir custodiarte rechacé el nombre de Isabel y te dejamos solo el primer nombre.

María se puso a llorar e Ian la abrazó.

—Mariana y su hermana fueron unas heroínas, unas mujeres valientes por haberse arriesgado a escaparse del hombre que las maltrataba, aunque sin embargo el destino las llevó de nuevo junto a ese diablo que se llamaba Pelayo.

Gerard y su mujer Elena estaban ruborizados, ellos también habían sufrido mucho durante la Guerra Civil, pero la moza de Pip y su hermana también sufrieron por la supervivencia y acabaron como Claudia, asesinadas…

—Y ahora, dejadme descansar, mañana por la mañana acabaré de contar lo que ocurrió una vez fuiste adoptada.

—Me quedaré contigo, mamá.

Todos se despidieron de ella y María cogió de la mano a su madre, Pip, y así se quedaron dormidas.

**Capítulo 50**

**Hasta siempre**
**8 de marzo de 1983, 10.00 h**

Pip tuvo una buena noche y se levantó con ganas de acabar sus memorias. Se presentaron su marido y su amigo Gerard con su mujer Elena.

—Dejadme que os cuente la última parte de mi vida.

Todos se volvieron a sentar y María cogió el bolígrafo y empezó a escribir debajo de las últimas líneas donde explicaba que ella había sido adoptada por Pip: «Ya casi olvidé por completo a Ataúlfo. Me casé el 20 de septiembre de 1945 con un hombre del que me enamoré locamente, pero de ese matrimonio no queda ni el recuerdo, tan solo nos unía un hijo y una hija maravillosa, por eso no voy ni a mencionarle. Me separé muchos años después. Mi vida cambió de nuevo en 1966 cuando conocí a un guapísimo cantante de ópera de Manchester, llamado Ian Hanson —Pip le hizo un gesto con la mano para que Ian se acercara a la cama y le besó suavemente en los labios—. Me marché con él a Estados Unidos y cuando obtuve el divorcio me casé con él en Los Ángeles…y eso es todo. Punto y final».

María puso todos los folios en una carpeta y la cerró.

Gerard y Elena se despidieron de Pip con un abrazo. Su vuelo salía ese mismo día y no podían alargar más su estancia en Los Ángeles.

—Lamentamos que no nos podamos quedar.

—Muchas gracias por vuestra visita, os llamaremos por teléfono tan pronto como me den el alta —dijo irónicamente Pip.

—Ya verás como sí.

—Os acompaño a la salida —dijo Ian.

—Mamá, yo también te tengo que dejar unas horas, me han llamado de la universidad para una reunión importante a las doce del mediodía.

Ya casi en la salida, en la puerta giratoria, se cruzó con ellos una señora. Gerard ya estaba en la calle y se paró de repente.

—¿Te pasa algo, Gerard? —le preguntó Elena.

—Ha entrado una señora y me ha parecido ver a…tonterías, apenas la he visto por el rabillo del ojo y a través de la puerta giratoria.

—¿Es esa señora que está a punto de entrar en el ascensor y que va vestida tan elegante con ese sombrero?

—Sí, pero no me hagáis caso.

María se despidió de ambos.

—Puedes estar orgullosa de haber tenido dos madres valientes, luchadoras y con mucho coraje.

—Muchas gracias, Gerard.

María besó en la mejilla a Ian y se marchó a la reunión.

—Avísanos de cualquier novedad, Ian.

—No os preocupéis, lo haré. Pip no lo sabe, pero he quedado ahora con su médico, me va a decir cómo de avanzada está la enfermedad y cuál es su pronóstico.

**Minutos antes…**

Pip se había quedado sola en la habitación, apenas un minuto después su corazón empezó a fallar, aunque ella no notaba dolor, tan solo tenía sueño, un dulce sueño, sentía un sabor dulce en la saliva que producía. Una lágrima caía de sus ojos y quiso quitársela con la mano, pero ésta ya no le correspondía, quería llamar al timbre para que acudiera una enfermera, pero tampoco podía hacerlo, su cuerpo no reaccionaba a los estímulos que ella mandaba, pero no estaba angustiada, sabía que ese momento tenía que llegar. Todavía tenía los ojos abiertos y oía como alguien entraba en la habitación, vio a una mujer elegante con un sombrero que se lo estaba quitando. Entonces más lágrimas brotaron de sus ojos, la había reconocido, pero no podía decirle nada…

—¡Pip!…Soy Claudia —le susurró al oído.

Claro que era ella, Pip la había reconocido nada más verla, aunque los años habían envejecido su piel, seguía igual de bella.

—Me enteré de tu paradero y de que estabas ingresada aquí por un periódico, lo siento mucho, te quiero muchísimo.

—¡Te creíamos muerta!—dijo Pip, sin que Claudia pudiera escucharla—. ¡Gerard! Ve a buscarlo, acaba de marcharse, él piensa que estás muerta…

Claudia veía a una Pip en estado de coma con los ojos abiertos y por último la besó. Llamó al timbre para que acudiera el personal de enfermería y salió por la puerta antes de que se presentaran en la habitación.

El médico de Pip estaba reunido con Ian cuando le llamaron por teléfono y contestó. Se quedó callado y miró a Ian…

—¡Pip!

—Sí.

Fueron corriendo a la habitación.

Pip todavía tenía los ojos abiertos, su alma se estaba separando de su cuerpo.

—Te quiero, Ian, ¡hasta siempre!

Él no la oyó, pero la besó y después la abrazó.

El sonido del monitor hizo un largo pitido, Pip había fallecido.

—Te quiero,Pip, hasta el fin de los días…

**Epílogo**

Pip fue incinerada en Los Ángeles. Su hermana Gaenor e Ian llevaron sus cenizas a Inglaterra y las esparcieron por las colinas sobre las que se asienta el castillo de Chirk, donde Pip había jugado y montado a caballo en su infancia.

Ian Hanson, el marido de Pip, murió dos años después, fue una de las primeras víctimas del sida.

El padre de Pip murió el 6 de noviembre de 1946 y su madre murió en el año 1974.

Ataúlfo se había hecho agrónomo, nunca se casó y reconoció su homosexualidad públicamente. Murió con sesenta y un años el 8 de octubre de 1974, después de una breve enfermedad causada por un cáncer de páncreas.

En 1955 el príncipe Ali y la princesa Bea vendieron el palacio de Sanlúcar de Barrameda y se mudaron a las casas del Botánico. La princesa Bea murió en Sanlúcar el 13 de julio de 1966.

El 6 de agosto de 1975, el príncipe Ali sufrió un ataque de corazón y murió con ochenta y ocho años en Sanlúcar.

## Notas del autor

- Necesito y creo que es de bien agradecido aclarar que *La moza de Pip* es una obra de ficción, de ambientación histórica y documentada.

- El capítulo 43 con el título *"Entrevista con Hemingway"*es un relato real de **Ernest Hemingway**que lleva por título *"El viejo en el puente"* modificando alguna parte de la obra para la novela.
Hemingway, Ernest, "Old Man at the Bridge", *The Complete Short Stories of Ernest Hemingway*, Finca Vigia Edition, Scribner, 1991, pp. 57-58

- *Conxita Nolla Marro,* era una señora de L' Aldea, (Tarragona). Desgraciadamente pasaba el puente colgante de Amposta cuando fue derribado por un ataque de la aviación Italiana.

- La mayoría de los personajes en La moza de Pip, así como la historia que cuento son ficticios a excepción de Priscilla Scott-Ellis y sus memorias, Elisabeth Eidenbenz, así como también los mencionados en el epílogo.

- El bebé enterrado en la arena lo introduje a modo de historia en uno de los capítulos como homenaje a Mercè Domènech, autora de "La maternidad de Elna", Portbou, 2004.

**Agradecimientos**

A mi mujer Elena, a mis hijos Marc y Andrea por su paciencia; a Maite Duart, compañera enfermera; a Joan Burdeos; y especialmente con muchísimo orgullo y por ese pedazo de prólogo que me ha hecho llorar, muchísimas gracias a mi amigo David Jiménez, ¿qué sería de mis libros sin tu corrección?...seguro que nada.